KÜNSTLICHE INTELLIGENZ STIFTET
FRIEDEN

KI-F

DR. H. J. STÜBLER

Bibliografische Information
der Deutschen Nationalbibliothek:

Die Deutsche Nationalbibliothek verzeichnet diese Publikation in der Deutschen Nationalbibliografie. Detaillierte bibliografische Daten sind im Internet über http://www.d-nb.de abrufbar.

Alle Rechte der Verbreitung, auch durch Film, Funk und Fernsehen, fotomechanische Wiedergabe, Tonträger, elektronische Datenträger und auszugsweisen Nachdruck, sind vorbehalten.

www.vindobonaverlag.com

© 2024 Vindobona Verlag

ISBN 978-3-903574-48-9
Lektorat: Daniela Ornest
Umschlagfoto:
Pop Nukoonrat | Dreamstime.com
Umschlaggestaltung, Layout & Satz:
Vindobona Verlag

Gedruckt in der Europäischen Union auf umweltfreundlichem, chlor- und säurefrei gebleichtem Papier.

INHALTSVERZEICHNIS

Einige Worte über die KI 14

Wie alles begann 18

Nutznießer der KI-F 24

Andere Waffenträger 37

Abschalten des Internets? 41

Cyber Angriffe 44

Wie kann man KI-F schützen? 51

Waffen vernichten. 56

Weitere Aufgabengebiete für die KI-F 65

Habgier und Machtsucht 67

Mindestlohn und Maximaleinkommen 69

„Wir haben eine 3. Welt aber keine 2. Erde!" 84

KI und Mensch 92

Was zu tun bleibt 96

Krieg bedeutet Mord und Zerstörung. Das Ergebnis sind Trauer, Wut und viel Wiederaufbau-Arbeit. Alles keine lohnenden Ziele, zumal dabei auch Rachegelüste geschaffen werden. Damit wird über kurz oder lang alles zu Krieg oder Aufstand führen, mit den gleichen, verheerenden Folgen. Ohne Heer und Waffen kann dem Einhalt geboten werden. Das bedeutet, die Staaten verlieren ein Machtmittel und müssen versuchen, ihre Ziele mit anderen Mitteln als Gewalt erreichen. Diplomatie ist auch ein bewährtes Mittel.

Hier wird die Möglichkeit aufgezeigt, wie sich aller Kriegsaufwand durch das Verhindern einer Bezahlung unterbinden und damit dauerhaft Frieden schaffen lässt. Die dabei frei werdenden Geldmittel können dem Wiederaufbau dienen und eine Entschädigung für die Getötetet

Bis auf die Änderung der Empfänger ist der Ablauf gesetzeskonform.

Konkret geht es um die Vision einer *Künstlichen Intelligenz für den Frieden* (KI-F). Alles ist bereit dazu und viele verschiedene Entwicklungen auf dem Gebiet der Künstlichen Intelligenz machen – wie dargelegt werden wird – ein solches System ohne weiteres möglich.

Eines Tages ereignete sich Folgendes: In einer deutschen Rüstungsfirma stimmte etwas mit den Zahlungen nicht. Die Summe des offenen Rechnungsbetrages war erheblich und das Fehlen des Eingangs machte sich entsprechend direkt bemerkbar. Die KI-F hatte für diese Beträge bereits andere Empfänger ausgesucht, und zwar solche, die durch Kriegshandlungen schwer betroffen waren. Dabei waren neben Einzelpersonen auch Hilfsorganisationen oder entsprechende Einrichtungen berücksichtigt worden. Letztere sollten dann den Leidtragenden, die Verluste durch Zerstörungen erlitten hatten, aber selbst über kein Konto verfügten, finanziell helfen. Da dies viele Kriegsplätze betraf, wurden die Gelder weltweit verteilt. Dabei wurde nur nach der Bedürftigkeit und nicht entsprechend dem Verursacherprinzip gehandelt. So konnten US-Gelder statt in Syrien auch im Kongo landen. Je verschlungener die Wege waren, desto weniger konnten sie nachvollzogen werden. Außerdem erfolgten die Zahlungen nicht kontinuierlich, sondern so, wie die Rechnungen der Rüstungsindustrie anfielen. Als Betreff war stets „no arms" – keine Waffen – angegeben. Dass derartige Eingriffe möglich sind, haben Cyberangriffe bewiesen! Also verbesserte und erweiterte die KI-F die Methoden. Insbesondere wurden keine Geldmittel gefordert, sondern sie wurden gleich weltweit verteilt. Hier zeigte sich, wie die KI-F eingreifen kann, ohne in der Realität körperlich vorhanden zu sein.

Arme und unterentwickelte Staaten verfügen meist nur über eine mangelhafte Verwaltung und geringe Bürokratie; die wenigen Konten ihrer Banken gehören meist Wohlhabenden und Geschäftsleuten. Ansonsten erfolgen normalerweise fast nur Barzahlungen. Damit war es für die KI-F besonders schwierig, den dortigen Opfern Geldmittel zukommen zu lassen. Dabei waren gerade diese Staaten durch Kriege, gewalttätige Aufstände, Klimaereignisse und Ausplünderungen, zum Beispiel durch die reichen Staaten, betroffen, so dass ein Eingreifen dringend erforderlich war. Da es hier nicht möglich war, mit einer Überweisung zu helfen, waren andere Wege zu suchen. Hierzu boten sich Hilfsorganisationen wie Caritas, Brot für die Welt und andere an. Diese hatten allerdings zum Teil anderweitige Zielvorstellungen und mussten daher erst mit dieser neuen Aufgabe der Geldverteilung für bestimmte Opfer vertraut gemacht werden. Für eine gezielte, opferbezogene Auszahlung konnte auch auf örtliche Vereine, andere Gemeinschaftsgruppen sowie kirchliche oder religiöse Einrichtungen zurückgegriffen, dazu gegebenenfalls örtlich schon vorhandene Hilfsgemeinschaften eingebunden werden. Diesen wurden dann die Geldmittel überwiesen, sofern sie Kontoinhaber waren. Weiterhin wurde versucht, irgendwelche Kontoinhaber zu ermitteln, denen man zutraute, dass sie die Geldmittel auch wirklich den Betroffenen zukommen lassen würden. Natürlich bestand nur die Möglichkeit, sich diese Barmittel selbst zu gute kommen zu lassen. Je mehr Informationen die KI-F erhielt, desto gezielter konnte die Auszahlung erfolgen. Wichtig war, dass der Beginn der Eingriffe auf das Zahlungssystem der einzelnen Staaten zum selben Zeitpunkt begonnen wurde. Außerdem sollten diese Geldmittel helfen, die Opfer zu entschädigen und Zerstörungen zu beseitigen.

Die Staaten reagierten natürlich sehr unterschiedlich. Zuerst versuchte man, zu korrigieren. Sowohl die zahlenden Stellen als auch die Empfänger konnten jedoch nur feststellen, dass sie ordnungsgemäß gehandelt hatten. Die Rechnung war eingetroffen und die Zahlung ordnungsgemäß erfolgt – nur ging der Zahlungsbetrag nicht beim gewünschten Empfänger ein. Das Konto wurde belastet, aber der Adressat war nicht zu ermitteln. Die KI-F teilte nämlich die Empfänger während des Überweisungsvorganges nach eigenen Vorgaben auf. Es war also eine Manipulation, ohne dass der Absender eine Information erhielt. In einzelnen Fällen konnte der Vorgang im Nachhinein rekonstruiert werden. Eine Rücküberweisung war jedoch nicht möglich, da die Geldmittel in bar abgehoben worden waren und von der Pseudo-Bank mangels Masse keine Rückzahlung erfolgte. Auf die entsprechenden Reaktionen wird noch eingegangen.

Vereinzelt tauchten Nachrichten auf, die von Zahlungsunregelmäßigkeiten berichteten. In den USA etwa wurde ein Dauerauftrag für Munition und andere militärische Hilfsmittel nicht mehr bedient. Die Eingabe der Lastschrift war korrekt erfolgt, genauso auch alle erforderlichen Angaben. Trotzdem wurde der Betrag nicht gutgeschrieben. Man kontrollierte gewissenhaft alle Daten und konnte keinen Fehler feststellen. Auf Rückfrage bei der Bank kam die eigenartige Auskunft, der Betrag sei korrekt abgebucht worden. Jedoch war alles unverständlich. Schließlich stellte man fest, dass der Betrag einer anderen Bank gutgeschrieben worden war. Das Konto jenes ominösen Geldinstituts konnte allerdings nicht ermittelt werden, denn es war weder registriert noch überhaupt schon einmal erschienen. Zur Vervollständigung gab die KI-F bei derartigen Überweisungen immer ein unterschiedliches Konto und einen anderen Banknamen an. Die ominöse, handelnde Bank der KI-F war über die ganze Welt verteilt. Die Transaktionen fanden an verschiedenen Orten wie Luxemburg oder New York, Singapur, Neu Delhi, Bangkok, London, Frankfurt oder Moskau statt. Täglich wurde so eine imaginäre Bank an einem dieser Orte errichtet und arbeitete ein bestimmtes Pensum ab. Dabei wurden keine Überträge und Folgeaufträge ausgeführt, d. h. es gab keine Informationen für die nächste Bank. Dann schloss sie diesen Standort und war nicht mehr existent. Da dies an Hunderten von Orten passierte, war eine Nachverfolgung schier unmöglich.

Dann geschah es erneut und der Kontostand des Verteidigungsministeriums sank weiter. Ratlosigkeit trat auf. Schließlich musste die Produktion eingestellt werden, da kein Geld mehr für die Bezahlung der Vor- und Rohmaterialien zur Verfügung stand. Auf den Lohnkosten blieb der Rüstungskonzern sitzen.

Von einem ähnlichen Fall berichtete die französische Presse: Die Teilzahlungen für den Bau eines neuen Zerstörers kamen zum Erliegen. Trotz aller Mahnungen und Beschwerden war es nicht möglich, die recht erhebliche Summe in Höhe mehrerer Millionen Euro der Werft gutzuschreiben. Auch hier wurde die Staatskasse belastet ohne die gewünschte Überweisung zu erreichen. In der Werft mussten die Arbeiten am Schiff eingestellt werden. Da die Arbeiter hier anderweitig eingesetzt werden konnten, wurde natürlich der Lohn weitergezahlt. Damit hörte die Arbeit an dem Rüstungsauftrag auf. Auf die Konsequenz dieses Baustopps bezüglich des Liefertermins und auf die Konventionalstrafe wurde sogleich hingewiesen.

Weitere Staaten erlebten vergleichbare Vorfälle. Die Staatskassen wurden überall leerer, aber bezahlt wurde keine Firma, die Waffen oder Zubehör lieferte. Langsam wurde klar, dass da ein Plan dahinter stecken musste. Man suchte die Saboteure und meinte sie in Russland oder China zu finden. Dies jedoch nur so lange, bis auch von diesen beiden Weltmächten ähnliches zu hören war.

Nach dem Desaster mit der ersten Überweisung zu einer Rüstungsfirma wurde die zweite Überweisung, wenn auch an eine andere Firma und eine andere Bank, ebenso manipuliert. Daraufhin geriet die Finanzwelt weltweit in größte Aufregung. Die Banker waren außer sich über diesen, wie sie meinten, Cyberangriff auf Tätigkeiten der Geldinstitute. Dabei waren spezielle, meist in die Millionen gehende Überweisungen betroffen. Überall wurde versucht, die Ursache dieser Fehlleitungen der Gelder zu finden. Doch dies gelang nicht. Zwar waren die Überweisungen bei den Banken der Firmen eingetroffen, aber sofort wieder an verschiedene Stellen weitergeleitet worden. Sollte ein Bestand doch noch übrig geblieben sein, war eine Überweisung an eine gewünschte Adresse nicht zu realisieren: Der Betrag verschwand auf einem anderen Konto. Verwunderlich war, dass von diesen Aktionen nur Geldtransfers an Rüstungsfirmen betroffen waren. Alle anderen Überweisungen funktionierten weiterhin. So verschwanden sämtliche Rüstungsgelder weltweit. Man vermutete eine Einflussnahme auf die Herstellung von Rüstungsgütern. Wie sich im Laufe der Zeit herausstellte, waren sogar alle Arten von Waffen betroffen. Der Hinweis „no arms" war eigentlich bezeichnend genug, aber vor lauter Eifer nicht beachtet worden.

Aus der Abwicklung der Überweisungen für die Rüstungsindustrie konnte auch die KI-F einiges lernen. Anfangs wurde der Eingang der Überweisungen an die Rüstungsindustrie ordnungsgemäß verbucht und dann umgehend mithilfe neuer Überweisungsaufträge an vorgegebene Adressen weiterverteilt. Dadurch konnten zwar die neuen Adressaten ermittelt werden, aber eine Rücküberweisung war fast ausgeschlossen, da die neuen Empfänger das Geld meist schon in bar abgehoben hatten. Nun fand die KI-F heraus, dass es einen besseren und sicheren Weg für die Verteilung der Gelder gab. Bereits auf dem Übertragungsweg der ursprünglichen Geldmittel konnte eine andere Aufteilung erfolgen. Wie und wo dies geschah blieb nicht nur den vielen Nachforschern sowie Hackern, sondern auch den ursprünglichen Programmierern ein Rätsel. Auf alle Fälle wurde dadurch gewährleistet, dass eine Rücküberweisung nicht mehr möglich war. Mit der Zeit meinte man, es würde wohl Einfluss auf Knotenpunkte des Übertragungswegs genommen.

Terroristen wie Aufständische sind beim Töten nicht zimperlich. Daher bestand auch hier die Notwendigkeit, schnellstens einzugreifen. Als erstes wurden alle Guthaben abgezogen und an die Opfer verteilt. Alle Aktionen, die unternommen wurden, um an Waffen oder Munition zu kommen, wurden durch mögliche Geldtransaktionen unterbunden. So wurden die Konten von den Kurieren geleert. Dasselbe geschah bei den Funktionären und den irgendwie an den Waffenkäufen Beteiligten. Die KI-F versuchte, den gesamten Geldverkehr dieser Gruppen lahmzulegen.

Waffen brauchen Munition. Also mussten auch Fabriken und sonstige Munitionshersteller beseitigt werden. Dies war deshalb so schwierig, weil diese Herstellung keine großen Einrichtungen oder Maschinen benötigten. Auch wurden keine großen Geldmengen bewegt. Eine Bezahlung war ohne großen Aufwand zu erledigen und konnte unter der Hand erfolgen. Das erste Problem war, die Lokalität aufzuspüren. Dann musste die Produktion erkannt werden. Schließlich mussten Verkäufer und Empfänger identifiziert werden. Wenn dies alles zu schwierig war, half nur, dem „ganzen Laden" sämtliche Geldmittel und Guthaben zu sperren und dann abzuziehen. Sollte das System dabei zu weit gegangen sein, war eine Korrektur jederzeit möglich. Wenn dann trotzdem weiter geschossen wurde, war weiter nach der Munitionsquelle zu suchen. Dies konnte lange dauern, da für die Munitionsproduktionen nur einfache Mittel benötigt werden und auch einfache Örtlichkeiten ausreichen. Im Prinzip war es wie bei einer Zigarette, die ebenfalls keine Apparatur benötigt und sich alternativ von Hand drehen lässt.

Kriege sind ein Übel, das weltweit verurteilt wird. Das fünfte Gebot, „Du sollst nicht töten", hat schon seine Berechtigung. Wir dagegen forcieren Kriege sogar noch dadurch, dass wir Militär und Waffen unermüdlich weiter aufbauen. Jedes einzelne Verbrechen, insbesondere jeder Mord, wird mit Hochdruck aufgeklärt und bestraft. Das Morden und Zerstören im großen Stil durch Kriege wird dagegen gefördert. Das alles nur, um die Macht- und Geldgier Einzelner zu befriedigen. Die Masse der Bevölkerung leidet darunter und hat nur geringen Nutzen von den Erfolgen eines Krieges. Das angerichtete Leid und die Zerstörung sind ein großes Opfer dafür. Daher ist der Einsatz für den Frieden, z. B. durch die KI-F äußerst erstrebenswert. Ein weiteres Übel ist die Kluft zwischen Reich und Arm. Einerseits wird der Luxus ins Extreme getrieben, andererseits zwingt geringer Lohn für unermüdliche Arbeit, dass in manchen Ländern selbst Kinder mitarbeiten müssen.

Wolfgang Borchert hat es 1947 in seinem berühmten Manifest betont: „Dann gibt es nur eins: Sag Nein." Dieses kategorische „Nein" trifft auch hier für die KI-F zu. Es ist nicht damit getan, momentan eine waffen- und militärfreie Welt zu errichten, sondern es muss eine grundsätzlich langzeitige Abschaffung erreicht werden. Das Nein gilt auch für Einzelfertigungen sowie für weitere waffentragende Einheiten wie z. B. Bodyguards.

Auf dem evangelischen Kirchentag 2023 in Nürnberg wurde von Thomas de Maiziere die These vertreten: „Freiheit ist wichtiger als Frieden." Es ist eine These, die natürlich der KI-F nicht entspricht. Da grenzenlose Freiheit auch andere mit betreffen kann, werden diese sich wehren. Es kommt zum Streit, schließlich zu Kämpfen und zum Krieg. Das heißt also: Freiheit ist gleichbedeutend mit Krieg. Frieden lässt sich leider meist nur mit Kompromissen und mit Begrenzung von Freiheiten erreichen.

Andrew Jackson, der siebte US-Präsident, vertrat das freiheitsliebende Siedlerprinzip mit einem Staat primitiver Einfachheit. Daraus entstand der Individualismus. Dieser erreichte weitgehende Rechte und sah soziale und kollektive Rechte als ketzerisch an. Eigentlich führt übertriebener Individualismus zu einer Knechtschaft des eigenen Egos.

EINIGE WORTE ÜBER DIE KI

Da die Entwicklung der künstlichen Intelligenz, der KI, schon weit fortgeschritten ist, ist es möglich, diese für die KI-F zu nutzen. Es gibt verschiedene Gebiete, in denen KI bereits eingesetzt wird, z. B. bei der Steuerung von Industrie-Prozessen oder bei der Buchhaltung. Zurzeit wird viel Energie darauf verwendet, Autos selbstständig fahren zu lassen, gerade dabei ist viel Intelligenz erforderlich. Selbstfahrende elektrische PKW müssen aufgeladen werden. Daher ergibt sich auch eine Automatisierung der Ladestationen. Ein weiteres Beispiel sind die Techniken von Alexa, die schon an vielen Stellen privat genutzt werden. Auch die Gesichtserkennung kann hier erwähnt werden. Sie wird z. B. fürs Entsperren eines Smartphones oder bei Passkontrollen eingesetzt. Häufig publiziert in Zeitschriften, sogar in Fachzeitschriften wird die Möglichkeit, Artikel zu manipulieren. Worte werden durch andere passende Begriffe ersetzt und so neue Texte erstellt. Diese können die Ursprungstexte sogar ins Gegenteil verkehren. Es ist auch ein Leichtes, sachliche Veränderungen einzufügen und damit ein ganz anderes Bild zu erzeugen. Ein ausführlicher Bericht dazu findet sich in der Neuen Zürcher Zeitung (NZZ) vom 08.09.2021: „Die künstliche Intelligenz schreibt Berichte, die künstliche Intelligenz schreibt hunderte von wissenschaftlichen Artikeln."

Dies zeigt, dass die KI recht weit ausgereift ist und daher für die KI-F gut zu nutzen ist.

Ein Teil der Computerintelligenz ist auch das Lernen. Hier helfen Erfahrungen oder neue Informationen, welche die KI im Betrieb erfahren hat. Hinzu kommen weitere, die sie von anderen Computern mitgeteilt bekommt. Mithilfe dieser ergibt sich ein besseres, also intelligenteres Ergebnis. So wird nach einem Vorfall der Hergang noch einmal rekonstruiert und es werden, wenn möglich, Verbesserungen der eigenen Reaktionen ermittelt.

Die Entwicklung der KI zeigt faszinierende Möglichkeiten auf. So soll auch das menschliche Gehirn durch technische Mittel verbessert werden. Im von Elon Musk gegründeten Neurotechnologie-Unternehmen Neuralink in den USA wurden auf diesem Gebiet erste menschliche Versuche durchgeführt. Man will hauchdünne Drähte im Gehirn verlegen, die mit einem Chip in der Schädeldecke verbunden werden. Dieser Chip wird dann mit einem Microcomputer verbunden, der auch eine eigene Stromversorgung enthält. Durch eine Funkverbindung lassen sich dem Gehirn dann Informationen jeder Art mitteilen. Damit hofft man, Menschen der KI ebenbürtig zu machen.

Manche Software-Programme werden schon als Waffe bezeichnet, so das Programm „Pegasus" der israelischen NSO Group, das in verschiedenen Ländern erfolgreich bei der Verfolgung Krimineller oder zur Terrorbekämpfung eingesetzt wird. Derartige Software späht Computer, Telefone und E-Mails aus, ohne dass deren Besitzer etwas davon mitbekommen. Sogar Mikrofone und Kameras sind nicht sicher. Solche Programme sollen mit Erfolg auch gegen Steuerhinterzieher, Erpresser und bei Verleumdungen eingesetzt worden sein: ein Beispiel ist die Verhaftung des mexikanischen Drogenbosses El Chapo. Diese so genannte Spyware arbeitet wie ein Trojaner und natürlich systemspezifisch. An eine E-Mail wird ein Zusatz gehängt, der beim Aufruf aktiv wird und dann entsprechende Informationen weiterleitet. Neben NSO sind weitere Firmen auf diesem Gebiet aktiv, etwa Ability oder Rayzone Group, beide ebenfalls aus Israel.

Eigentlich war der PC als Hilfe für den Menschen gedacht. Er sollte kein Abklatsch, keine Kopie des Menschen werden, jedoch viele helfende Eigenschaften haben. Es ist ein riesengroßes Arbeitsgebiet, das sich hier auftut. Die folgenden Beispiele zeigen, wie KI zum Einsatz kommt, so wie es hier für die KI-F der Fall war. Da ist etwa das selbstständige Fahren eines Kraftfahrzeuges. Ein weiteres Beispiel sind digitale Übersetzer. Anfangs wurden Wörter eingegeben und diese dann in einer anderen Sprache angezeigt. Inzwischen ist es schon möglich, die Ausgabe auch akustisch vorzunehmen. Dasselbe gilt für die Spracheingabe. Damit wird es möglich, dass man ein Wort oder einen Satz in der eigenen Sprache spricht und die Ausgabe in der vorgegebenen anderen Sprache erfolgt. Je besser dabei die KI ist, desto genauer erfolgt die Übersetzung. Passkontrollen werden versuchsweise mit den Möglichkeiten der Gesichtserkennung ausgerüstet. Die Entwicklung ist allerdings schon viel weiter. Dies gilt zum Beispiel auch für die Chemie. So ist der KI das Zusammenspiel der Moleküle, die Funktion und ihre Millionen an Reaktionen der Chemikalien der beizubringen. Hierbei können Lern-Algorithmen helfen. Erst dann kann die KI bei Versuchsreihen und Verbesserungen genutzt werden. Beispiele zeigen, dass die KI auch auf diesem Gebiet neue Wege aufzeigen und Vorteile bringen kann.

Bei vielen Maschinensteuerungen sind Formen der KI im Einsatz. Prädestiniert dafür sind besonders sich wiederholende Vorgänge, bei denen auch gewisse Variationen auftreten können. Die Anfänge findet man bei den Ansagen der Telefondienste, wenn eine bestimmte Person gesucht wird oder Fragen beantwortet werden müssen. Ein besonderes Problem bei der Weiterentwicklung ist dabei u. a. nicht nur das logische Denken, sondern auch das Kombinieren von mehreren verschiedenen Gedanken. So setzen wir, wenn wir einen Begriff verwenden, oft voraus, die verschiedenen Bedeutungen zu kennen. So kann ein Mann geschlechtlich gesehen werden, er kann der Mann einer Frau sein, oder es wird gemeint, er ist der Starke und Mutige. Je nachdem sind also unterschiedliche Eigenschaften gemeint und entsprechend zu beachten. Besonders schwierig wird es, wenn ein Wort eine zweite Bedeutung hat. Meint man mit einem „Hasenfuß" wirklich den Fuß eines Hasen oder jemanden, der sich nichts traut? Hier eine allgemeine Aussage für die Programmierung zu finden, ist schon ein Problem.

All dies sind die Medien oder Systeme, die für das Verfahren oder System KI-F benötigt werden. Aber was bedeutet KI-F? Der Begriff bezeichnet ein Programmsystem, das unabhängig von jeglichen mechanischen und elektrischen Geräten oder Einrichtungen nur im Internet wirkt. Eingriffe des Menschen sind nicht notwendig und nach der Eingabe im Internet auch nicht mehr möglich. Praktisch ist es eine Erweiterung des Betriebssystems des Internets, das jedoch nicht durch Updates veränderbar ist. Einmal aktiviert, arbeitet es immer weiter, um vorgegebene Aufgaben zu erfüllen. Dabei wird es sich weitgehend selbstständig betätigen und ständig weiterentwickeln, wobei sich auch der Aufgabenbereich aufgrund neuer Erkenntnisse und Entwicklungen automatisch erweitern kann. Das ist etwa notwendig, wenn versucht wird, von der KI-F durchgeführte Maßnahmen zu umgehen. Dann werden sicher weitere Schritte und Reaktionen erfolgen.

Die KI-F handelt prinzipiell nicht direkt, sondern zwingt die Menschen zum Handeln. Durch Transaktionen im Internet wird Vermögen manipuliert. So werden die Bankkonten verändert. Erst die Reaktionen der Betroffenen sind dann reale Handlungen. Auf diese Weise können Ziele erreicht werden, ohne dass der Veranlasser selbst real aktiv wird.

WIE ALLES BEGANN

Zunächst wurden der KI all jene Programme und Apps, die nützlich sein könnten, hinzugefügt. Da so ein System äußerst riskant ist, mussten viele Vorkehrungen getroffen werden. Es fing beim Personal an. Die Mitglieder des Teams waren handverlesen und galten als äußerst zuverlässig. Alle Verbindungen zur digitalen Datenwelt wurden vermieden. Dann ging es um den Standort. Es wurde ein alleinstehendes Haus gekauft, das nur von Feldern umgeben war. Keine Siedlung befand sich in Sichtweite. Keinerlei Wald oder Sichtschutz war vorhanden, so dass vom Haus aus vollständig freie Sicht war. Nicht einmal eine richtige Straße war nicht vorhanden, es gab nur einen Feldweg. Außer einer Wasserleitung und einem Stromkabel bestanden keine Verbindungen zur Außenwelt, es gab also weder Telefonanschluss noch Funkverkehr. Alle Informationen mussten über externe Kanäle erfolgen. Besonders Internet-Auskünfte und Programmimporte wurden von unterschiedlichsten Orten aus durchgeführt, das konnte auch im Ausland sein. So wurde das Laden des KI-F-Systems ins Internet in Indien durchgeführt. Es musste auf alle Fälle vermieden werden, an die Programmierung zu gelangen. Auch das Team sollte nicht bekannt und erpressbar sein. Weltweit würde versucht werden, an das dann im Internet wirkende KI-F-System heranzukommen. Welcher Aufwand schon bei Hackerangriffen betrieben wurde, zeigte, worauf was man sich einrichten musste. In diesem Fall wurde weltweit geforscht, daher dieser Aufwand.

Um sicherzustellen, dass alle Bemühungen, die Wurzel der KI-F ausfindig zu machen, vergeblich bleiben würden, wurden alle Einrichtungen, Programme und Dateien vernichtet oder verbrannt. Das Team löste sich auf und verschwand in verschiedenste Länder (sicher nicht in diktatorisch geführte). Außerdem wurden im Haus die Räumlichkeiten verändert. Das Haus selbst wurde an ein älteres Ehepaar verkauft, welches von all dem Programmieren und den weiteren Aktionen nichts mitbekommen hatte! Wichtig war, dass der Quellcode nicht erkundet werden konnte. Nur der freigegebene Anleitungscode und die ausführenden Programme sollten existent bleiben.

Soll die KI zu Aktionen führen, muss sie in die Materie eingeführt sein. Die erdachte Funktion der KI muss gespeichert und dann in Handlungen umgeändert werden: so wie Worte/Befehle ausgesprochen, von einem Mikrofon erfasst, dann erkannt und dann einem Empfänger zur Schaltung umgesetzt werden. So arbeitet die KI-F selbst nur virtuell und hat kein Umsetzen zur Handlung. Diese stellt das Internet mit seinen Ein- und Ausgabeeinrichtungen zur Verfügung, vergleichbar Banken oder Sparkassen.

Das KI-F-System ist eigentlich eine Art Bot, eine Kombination von Tools, die selbstständig im Internet wirken und ihre Aufgaben erfüllen. Außerdem lässt es sich kaum identifizieren und erst recht nicht beseitigen. Auch ein Neustart hilft nicht, da auf alte Datenbestände, die infiziert sein könnten, zurückgegriffen werden muss.

Das KI-F-System soll sich humanitären Aufgaben widmen. Es soll den Menschen, beziehungsweise der Menschheit dienlich sein. In der Welt herrschen gewisse Moralvorstellungen, die in den Menschenrechten festgeschrieben sind. Dabei gehen diese im Prinzip von den Religionen aus. Im Judentum und dem Christentum sind die zehn Gebote ein solcher Maßstab. Generell kann man festhalten: Das Töten sollte nicht nur verboten, sondern auch verhindert werden. So ist schon bei der Herstellung von Waffen und derartigen Mitteln einzugreifen.

Wie kann eine KI-F überhaupt etwas bewirken? Sie muss die Menschen beeinflussen wie es heute in den sozialen Netzen, z. B. bei Facebook, YouTube oder WhatsApp über entsprechende Nachrichten geschieht. So ließen sich Eingaben oder E-Mails manipuliert den Empfängern zusenden. Damit werden von diesen veränderte Reaktionen erreicht. Dasselbe gilt für Informationen, die für Kaufentscheidungen oder sogar bei Wahlen entscheidend sind.

Da sich das Betätigungsfeld der KI-F überall auswirken könnte, ist es notwendig, Grenzen ihres Wirkens festzulegen, um das menschliche Leben und Wohlergehen zu schützen. Diese Grenzen dürften auch von der KI-F nicht veränderbar sein. Das klingt recht simpel, aber durch die Algorithmen des Lernens und des selbstständigen Handelns ist die Begrenzung sehr problematisch.

Die KI-F setzt auf das Sicherungsverfahren von „Blockchain" auf. Wie sich herausstellt, sind die Prozeduren sehr energieaufwendig, da der Rechenaufwand für die Suche nach früheren, entsprechenden Aktionen enorm groß ist. Bei einem Einsatz dieses Verfahrens bei der KI-F ist also Vorsicht geboten. Die Entwicklung ist im Digitalbereich, einschließlich der Software, in vollem Gange. Von der KI-F sind alle Neuerungen genau zu begutachten und dann selbstständig ggf. entsprechende Anpassungen durchzuführen.

Ein System wie die KI-F benötigt keinerlei zusätzliche mechanische Einrichtungen oder Geräte. Die einzige Handlung, die der Mensch durchführen muss, ist das Eingeben dieses Programmes. Einmal im Internet, arbeitet es genauso selbstständig wie alle anderen Algorithmen. Der Unterschied ist jedoch, dass dieser sich selbstständig weiterentwickelt und lernt. Mit der Zeit wird er dann für die Menschen nicht mehr nachvollziehbar oder in irgendeiner Form steuerbar. Ist es einmal eingegeben und im Internet integriert, hat der Mensch keinen weiteren Einfluss. Das Programm wird mit der Zeit sogar soweit falsch vervollständigt, dass ein Ausschalten oder ein Abschalten nicht mehr möglich sein wird. Selbst wenn der Mensch an einer Stelle eingreifen würde, brächte es nichts, da automatisch der alte Zustand wiederhergestellt würde. Auch Killer-Programme wird das einmal installierte System KI-F gleich eliminieren.

Bei Cyberangriffen soll möglichst viel Lösegeld erpresst werden. Bei der KI-F geht es dagegen um menschliche Lebensbedingungen. Wenn hier Gelder verschoben werden, soll geholfen und nicht auf Gewinne spekuliert werden. Also kein Profit für die Akteure. Das Team arbeitet selbstlos, idealistisch, ohne pekuniär zu profitieren.

Ist es da undenkbar, dass sich die lernenden Algorithmen verselbstständigen? Das würde bedeuten, sie würden im Datennetz selbstständig, ohne den Menschen aktiv werden. Also würden sie unterschiedliche Programme virtuell kombinieren und daraus Datenbewegungen einleiten. Damit geschieht, was bis jetzt noch nicht realisiert ist. Dabei werden keine organischen oder technischen Einrichtungen benötigt. Es würde sich alles nur im Datennetz abspielen. In der realen Welt sind nur die veranlassten Reaktionen erkennbar. Die Arbeitsweise dieser virtuellen Einrichtung würde sich laufend selbstständig weiter vervollkommnen und damit immer weniger vom Menschen nachvollziehbar werden. Die Reaktionen dieser künstlichen Denkfabrik,der KI-F, werden dann bei einzelnen Anfragen der Menschen die Antworten gegebenenfalls manipulieren oder zu falschen Überlegungen und Analysen der Menschen führen. Je weiter diese Denkfabrik sich einmischt, umso größer kann der Einfluss auf alle Tätigkeiten der Menschen werden. So ist es auch möglich, dass sie Kriege provozieren, oder auch untersagen.

Ein Teil dieser Computer-Intelligenz ist auch das Lernen. Hier helfen eigene Erfahrungen oder neue Informationen. Aufgrund dieser ergibt sich ein besseres, also intelligenteres Ergebnis. So wird nach einem Vorfall der Hergang noch einmal rekonstruiert und dann, wenn möglich Verbesserungen der eigenen Reaktionen hergeleitet. Angenommen beim Autofahren konnte man noch in letzter Sekunde einen Unfall mit einem Kind verhindern. Hätte man den Ball, der auf der Straße angerollt kam, beachtet, hätte man auch auf das Erscheinen des Kindes schließen und bereits entsprechend reagieren können.

Künstliche Intelligenz soll für den allgemeinen Einsatz sein, nicht für eine bestimmte Aufgabe, sondern universell. Das sind die Aufgabe und der Nutzen von KI-F. Also die künstliche Intelligenz im All unsrer Erde. Etabliert ist sie im Internet.

Die allgemeine Richtschnur für die KI-F sollte die Allgemeine Erklärung der Menschenrechte der UNO im christlichen Sinne sein. Es geht um Morden, Rauben, Stehlen und auch Betrügen. Bei der Auslegung dieser zu verhindernden Handlungen soll die KI-F selbst darauf achten, dass dabei keine Partei, sei es die SPD, die AfD oder, in den USA, die Demokraten oder die Republikaner mit ihren Ideologien herausgestellt erscheinen. Dies gilt auch für die Weltanschauungen. Es muss bei einer neutralen, möglichst objektiven Auslegung bleiben. Wie schnell eine subjektive Arbeitsweise herausgestellt wird, zeigt die Beurteilung der Globalplayer Facebook, YouTube, X (vormals Twitter) und Google. Die Sperrung der Eingaben des US-Präsidenten Donald Trump in diese Netze erfolgte, nachdem er zu Protesten aufgerufen hatte. Dies wurde als politische Aktivität gebrandmarkt und die politische Neutralität in Frage gestellt.

Die künstliche Intelligenz soll bereits größer sein als die menschliche Intelligenz. Dies könnte insbesondere dann der Fall sein, wenn die KI mit selbstlernenden Algorithmen ausgerüstet ist. Dann werden alle Erfahrungen, Berichte und Informationen analysiert und ausgewertet. Dies führt zu neuen Erkenntnissen und noch schlaueren Reaktionen. Das Wissen der KI wächst also schnell an. Die Frage ist nur, werden die Handlungen auch vernünftiger, moralischer? Nehmen auch das Gewissen und die Erkenntnis von Fehlern und Sünden zu, um damit das menschliche Handeln zum Besseren zu bewegen? Kann die KI dabei etwas bewirken? Das System KI-F zeigt, wie es geht. Ein Beispiel ist das weite Gebiet der menschlichen Habgier. Diese umfasst das Stehlen, Rauben mit Totschlag und letzteres im großen Stil mit Kriegen, die sogar offiziell und rechtens sind. Sicher nicht das Paradies für die Menschheit. Und zwar für beide Parteien.

Es gibt Bereiche, da wird die KI nicht so schnell Fuß fassen. So ist die Schule nicht nur für das Lernen da, sondern auch für Bildung, Benehmen, Verhalten – und dafür braucht der Mensch doch andere Menschen.

Die KI nutzt das Wissen über die menschliche Intelligenz. Wir nehmen wahr durch Augen, Ohren und andere Sinnesorgane, denken, erkennen und verarbeiten, schlussendlich reagieren wir kognitiv. Denken beruht auf Lernen, später zusätzlich auf Erfahrung. Dann folgt der kognitive Teil. Zum Beispiel läuft eine Maus nicht gegen einen Baum, sondern um ihn herum. Sie sucht Gräser und Kerne, die sie verdauen kann. Die ersten Verhaltensregeln bringen ihr die Eltern bei. Dann beginnt das eigene Lernen.

NUTZNIESSER DER KI-F

Bevor die Aktionen der KI-F überhaupt beginnen konnten, mussten für die neuen Überweisungen entsprechende Empfänger gefunden werden. Was hatten die Waffen und Kämpfe bisher für Schäden bei den einzelnen Menschen angerichtet? Wo waren die Opfer und wer musste dort leiden? Dies war die erste Aufgabe. Eine Liste der in Frage kommenden Länder war vorgegeben, konnte aber entsprechend erweitert werden.

Die Gesuchten waren nicht immer leicht zu finden. Einfach war es in Ländern und Gegenden mit noch festen finanziellen Strukturen. Hier konnte auf bestehende Konten eine Entschädigung gezahlt werden. Da aber die Kriege und Kämpfe meistens in nicht voll entwickelten Länderbereichen erfolgten und dort auch die Vernichtung stattfand, ergaben sich viele Probleme. Die meisten Betroffenen waren nicht mehr in ihrer Heimat, manche waren als Flüchtlinge in anderen Ländern. Von irgendwelchen Konten konnte keine Rede sein. Hier einen Ausweg zu finden war eine knifflige Aufgabe. Überweisungen an die Länder oder gar an die Regierungen konnten doch wohl nicht in Frage kommen. In keiner Weise war davon auszugehen, dass die Gelder nicht in anderen Kanälen versackten. Es mussten also andere Wege gesucht werden. Nur in wenigen Fällen konnte ein aktionsfähiges Konto gefunden werden. Dies war z. B. bei Geschäften der Fall. Diese Stellen wurden dann ausgesucht und geprüft, ob sich dort eine Möglichkeit ergab, Gelder für betroffene Nachbarn zu überweisen.

Manchmal war ein Konto aus der früheren, jetzt verlassenen Gemeinschaft, eine Möglichkeit. Waren irgendwelche Vertrauenspersonen mit einem Konto ausfindig zu machen, dann konnten diese die Entschädigung erhalten. Man rechnete dabei damit, dass diese den überwiesenen Betrag später auch an die entsprechenden Personen weiterleiten würden – sicher konnte man aber leider nicht sein. Eine kleine Hilfe war, dass mit der Anweisung des Entschädigungsbetrages gleichzeitig eine Mitteilung an den gemeinten Empfänger geschickt wurde. Auch sprach es sich herum, dass Gelder angewiesen waren und man fragte dann doch nach. Sollten solche Bemühungen nichts bringen, wurden seriöse Hilfsorganisationen angesprochen, um eine gerechte Verteilung zu erreichen. Die Rückmeldung, wer Gelder bekommen hatte, war eine Bedingung.

Konnten bei dieser ersten Aktion nicht die gemeinten Gebiete und Menschen bedacht werden, wurden andere erreichbare Konten eben stärker berücksichtigt. Da es sich bei den anfallenden Geldern weder um eine einmalige noch um kontinuierliche Summen handelte, wurden auch nicht immer alle gleichzeitig bedacht. Es sollte aber versucht werden, eine gerechte Verteilung zu erreichen. Die erstellte Liste erfasste alle, die eine Entschädigung verdienten. Nach und nach kamen auch alle Betroffenen in den Genuss einer gewissen Entschädigung. Es zeigte sich, dass es sich um eine recht flexible Struktur handelte.

Anliegen eines Volkes lassen sich ohne Gewalt und menschliche Verluste durchsetzen. Eines der bekanntesten Beispiele dafür ist Mahatma Gandhi. Dieser hat durch seinen Hungerstreik und Demonstrationen die gewaltlose Befreiung Indiens von der Kolonialherrschaft der Briten erreicht. Waffengewalt ist ein Zeichen für die Hilflosigkeit einer Partei. Martin Luther King hat es geschafft, der farbigen Bevölkerung in den USA zu Rechten zu verhelfen. Nelson Mandela hat die Apartheid in Südafrika beseitigt. Ein weiteres Beispiel ist der Fall der Berliner Mauer: Allein durch Proteste des Volkes mit Aufmärschen wurde die Regierung zur Kapitulation gebracht. Auch die Demonstrationen bzw. Aktionen der Gewerkschaft Solidarnosc in Polen können zu den gewaltlosen Umschwüngen gezählt werden. Dies alles sind Beispiele für Gewaltlosigkeit auf Seiten des Volkes, jedoch mit Morden der Machthaber.

Ein Präsident tobte und ließ Bargeld zur Rüstungsfirma transportieren. Leider konnte die KI-F da schnell eingreifen und die gleiche Summe vom Haben-Konto der Firma abbuchen. Auch der Versuch, den Sold in bar auszuzahlen, war ein Reinfall. Statt 100-Yuan-Noten wurden nur 1-Yuan-Noten geliefert. Die Mannschaft fühlte sich verhöhnt.

Aufgrund der Eingriffe der KI-F versuchten die verschiedenen Regierungen, die Rüstungsindustrie mit allen Mitteln weiterbetreiben zu können. Da direkte Zahlungen immer scheiterten, ging man dazu über, die Ausgaben der Firmen für Rohmaterialien, sonstige Zulieferungen, Löhne Strom, Gas, Öl, Wasser usw. direkt zu begleichen. Das lief darauf hinaus, dass die KI-F den ganzen bargeldlosen Verkehr der entsprechenden Firmen lahmlegen musste. Darüber hinaus wurden verschiedene Arten an Geldtransfers erprobt – bis hin zur Nutzung von Kryptowährungen. Doch auch dies wurde sofort erkannt und entsprechend gehandelt. In jedem Fall wurde die Waffenproduktion unmöglich. Auch die Bezahlung der Belegschaft ließ sich blockieren. Der nächste Versuch war, ein neues Zahlungssystem einzuführen. Auch diese Herausforderung meisterte die KI-F. Hier zeigte sich, was autodidaktisches Lernen bedeutet, um auf unvorhergesehene Ereignisse selbstständig reagieren zu können.

Die digitale Datenwelt sammelt Informationen jeglicher Art und aus jedem Gebiet, und das unermüdlich. Die Daten werden in verschiedensten Formen ausgenutzt und können zu Veränderungen des menschlichen Handelns und auch seines Wesens führen. Sie werden wie eine Ware gehandelt. Im Prinzip geht es aber beim Datenhandel eigentlich direkt um eine Manipulation der Menschen. Mit den Informationen aus diesen Daten wird versucht, Kapital zu schlagen, indem man die Menschen zu den verschiedensten Handlungen bewegt – sei es, etwas zu kaufen oder bei bestimmten Handlungen in einer gewünschten Weise zu reagieren. Da die erworbenen Daten außerdem noch willkürlich verändert werden können, sind die verschiedensten Reaktionen möglich. So soll das Unternehmen Cambridge Analytica aufgrund vorliegender Datenmengen über das Verhalten der US-Bürger 2016 maßgeblich die Wahl von Donald Trump zum US-Präsidenten beeinflusst haben. Eine andere Firma, Palantir Technologies, Inc., will aus den Daten von Kreditkarten und den Aktivitäten einer Person in den sozialen Netzen deren Handlungs- und Gefahrenprofil ermitteln können. Daraus ließen sich dann terroristische Aktivitäten dieses Menschen vorhersagen. Utopie oder doch eine Möglichkeit? Denn eine Zahl zeigt am deutlichsten die Größenordnung des Internets: Täglich werden von 3,8 Mrd. Nutzern 280 Mrd. E-Mails versendet.

Wenn es um Waffen geht, ist es auch notwendig, die Waffenträger, sprich das Militär selbst abzuschaffen. Es konnte also nicht allein bei der Stilllegung von Rüstungs- und Waffenindustrie bleiben. Alle, die im Dienst der Staaten standen, um andere Menschen zu beseitigen, mussten entlassen werden. Auch hier tat das finanzielle Druckmittel seine Wirkung, denn wird kein Sold mehr ausgezahlt, ist es mit der Disziplin bald zu Ende.

Ein Soldat kam nach Hause und erfuhr, dass seine Frau kein Geld mehr hatte. Es war kein Sold gezahlt worden. Sie hatte mit Frauen von Kameraden gesprochen, auch diese hatten kein Geld erhalten. Es würde wohl eine Verzögerung bei den Überweisungen gegeben haben. Er würde sich sofort darum kümmern. Bei seinen Rückfragen bei Vorgesetzten erfuhr er dort vom selben Problem. Es schien bei den Überweisungen grundsätzliche Probleme gegeben zu haben. Aber es würde intensiv nach den Gründen gesucht und die Überweisungen wären nochmals angewiesen worden. Wie sich später herausstellte, wurden auch diese nicht in der notwendigen Form durchgeführt. Nun versuchte die Frau bei Eltern und Verwandten an Geld zu kommen. Deren Überweisungen machten überhaupt keine Probleme. Solange der Überziehungskredit noch nicht ausgereizt war, wurden Miete, Strom und Wasser noch bezahlt. Dieser Kredit reichte jedoch nur noch für einen Monat. Dann würde das große Theater losgehen! Trotz aller Bemühungen, Drohungen und Strafen war das Problem nicht zu lösen, die gesamte Mannschaft bis hin zu den Beamten musste ohne Gehalt über die Zeit kommen.

Die Empörung bei den Familien der betroffenen Soldaten war riesig. Bisher waren sie immer von anderen um ihren Job beneidet worden, da diese sagten: „Ihr seid ja wie Staatsbeamte, da kriegt ihr euer Geld immer." Nun aber war es umgekehrt, sie hatten kein Geld mehr, zum Teil schon Schulden gemacht und wussten nicht mehr, was sie machen sollten. Dementsprechend wurden die Soldempfänger bei ihren Vorgesetzten vorstellig, damit endlich wieder Geld käme. Da dies nicht geschah, wurde es unruhig in der Bevölkerung – und zwar nicht nur in demokratischen Staaten, sondern auch in den Diktaturen. Bei Letzteren wurde versucht, durch Vorschriften und Befehle einen Ausgleich herzustellen.

Durch die Zahlungsprobleme wurde zum ersten Mal richtig klar und publik, welche unheimlich große Menge an Geldmitteln für die Rüstung ausgegeben wurde. Da waren nicht nur die aktiven Soldaten, sondern auch der gewaltige Verwaltungsapparat. Alle standen jetzt auf der Straße und beim Arbeitsamt Schlange. Andererseits fehlten an vielen Stellen Fachkräfte und Auszubildende, daher war das Gros der arbeitslosen Soldaten und Angestellten leicht zu vermitteln. Sanitäter und Ärzte waren im medizinischen Bereich gesucht und gefragt, auch Techniker und Handwerker fanden schnell eine neue Stelle. Dann gab es eine Reihe von Beamten, die nicht kündbar waren und daher anders eingesetzt werden mussten. Auch da gab es kaum Schwierigkeiten, außer dass diese umgesetzten Beamten sich an den neuen Arbeitsplatz gewöhnen mussten, was nicht immer leicht war und erst recht nicht beliebt. Zuletzt blieben natürlich einige Soldaten übrig, die nur als Arbeitslose bezahlt werden konnten. Dieses Problem mit den Arbeitslosen bestand weltweit und fand an allen Stellen andere Notwendigkeiten und Lösungen.

Die arbeitslosen Söldner führten zu allgemeinen Unruhen in den einzelnen Staaten. Man konnte nicht mehr klar sehen, was nun passieren würde, denn man hatte ja jetzt keine militärische Macht mehr. Sogar die Waffenträger wie die Polizei waren davon betroffen. Was sollte man von so einem Staat noch erwarten, der keine Machtmittel hatte, um seine Befehle und Gesetze durchzusetzen. So zogen nicht nur die Familien, sondern auch die arbeitslosen Soldaten durch die Straßen.

Für die Staaten hatte sich auch vieles geändert, denn sie konnten nun nicht mehr mit ihrer militärischen Macht protzen und Dinge durchdrücken, sondern mussten sich in Diplomatie üben und verhandeln. Auch das Drohmittel einer Atombombe war nicht mehr gegeben. Gerade diese hatte schon bei der Entschärfung genug Probleme und Zerstörung gebracht. Jetzt war wirklich Politik gefragt. Nur durch Verhandlungen ließ sich etwas erreichen oder durchsetzen, dies betraf nicht nur die eigenen, innerstaatlichen Probleme. Gerade die Hüter der Ordnung, die Polizei, waren jetzt nicht mehr in der Lage, mit Gewalt Ordnung zu schaffen. Da zeigte sich, dass man sich auch hier mit anderen Mitteln durchzusetzen hatte oder konnte. Als sicher galt das alte Beispiel der englischen Polizei, die nur mit Schlagstöcken, ohne Schusswaffen ausgekommen war.

Es waren also viele neue Probleme auf staatlicher Seite vorhanden, die gelöst werden mussten. In manchen Fällen konnten die Ziele dadurch erreicht werden, dass man frei werdende Soldaten einstellte und dadurch eine Überzahl an Kräften gewann. Das war eine Macht, die durch schiere Masse beeindruckte. Diese Entwicklung musste natürlich von der KI-F genau beobachtet werden, damit daraus nicht wieder ein Heer entstand, mit dem dann doch wieder Kriege geführt werden konnten.

Der große Vorteil für die Regierungen: Das nicht mehr für die Verteidigungsetats gebrauchte Geld konnte fortan nutzbringend verwendet werden. Mit dem „no arms" war nun allerdings sicher noch nicht das ohne Morden auskommende Paradies auf Erden erreicht. Es würde nicht ausbleiben, dass einzelne Staaten andere Druckmittel einsetzen würden. So konnte man versuchen, Wasserzuflüsse durch Landschaftsveränderungen so zu gestalten, dass ganze Landstriche von der Wasserversorgung abgeschnitten wären. Man zweige fürs eigene Land Wasser ab, zum Beispiel vom Nil, und zwinge damit andere zu Kompromissen. Auch bei den Rohstoffen und der Lebensmittelversorgung konnten derartige Schikanen eingesetzt werden. Hier hälfe dann nur, die entsprechenden Übeltäter finanziell zur Räson zu bringen.

So ehrenvoll und auch oft lebensopfernd Verteidigung und Notwehr sind, ist es doch ein Umbringen von Menschen und ein Zerstören von Eigentum. Dabei gilt manchmal sogar der eigene Angriff als beste Verteidigung. Also wird man damit selbst zum Angreifer. Dabei sind die Angreifer, die „Feinde", dies selbst gar nicht aus freiem Antrieb, sondern gesetzlich oder sonst vom Staat zu diesen Handlungen gezwungen. Dies trifft auch bei gerechtfertigter und verständlicher Vergeltung zu. Das Militär dient dabei als Ausbilder zum Töten, anders formuliert: erfolgreiches Morden mit möglichst geringem eigenem Risiko. „Du sollst nicht töten" wird im zivilen Leben staatlich streng verfolgt und bestraft. Wenn dagegen der Staat Geschäftsgewinne erzielen will oder sonstige Gelüste hat, ist Töten ein normales Mittel. Es wird sogar geehrt. Ermorde ich einen Menschen aus persönlichen Motiven oder Habsucht, lande ich für Jahrzehnte im Gefängnis. Töte ich diesen aber als Soldat solange er ein Feind ist, erhalte ich dafür Orden und andere Belohnungen.

Noch hatten die Soldaten genügend Waffen, um ihre Aufgaben zu erfüllen. Aber auch hier musste die KI-F eine Lösung finden. Außer in totalitären Staaten wie China, gegebenenfalls Russland und der Türkei, würde man über den ausbleibenden Sold die Soldaten von ihrem Dienst abbringen. Wo die Autorität zu groß und die Ideologie zu stark war, musste man andere Mittel einsetzen. Einerseits musste versucht werden, die noch vorhandenen Waffen unschädlich zu machen, andererseits Einfluss auf das Wohl der Soldaten zu nehmen. Bei Lebensmitteln würde auch in Diktaturen das Bezahlen, das Geld, eine Rolle spielen. Sofern dies bargeldlos, also über Banken geschah, war die KI-F am Zuge. In den anderen Fällen musste man die Veranlasser zur Kasse bitten und darüber Einfluss nehmen. Diese verfügten auch in China über Bankkonten. Hier würde man dann zeigen, was es heißt, weiterhin ein Heer bezahlen zu müssen. In wieweit Eingriffe direkt in die Staatskassen vorgenommen werden mussten, hing von der Abwicklung ab. Besonders am Monatsende wurde es kritisch. Es blieb nichts anderes übrig, als die Gehaltszahlungen zu verschieben.

Bei einer Diktatur war es besonders schwierig, das Militär abzuschaffen. Anfangs wurden die Soldaten nicht entlassen, sondern nur nach Hause geschickt, eigentlich ein unbezahlter Urlaub. Da es u. a. Probleme mit Wasser, Strom und Heizung in den Kasernen und Unterkünften gab, wurden einzelne Eliteeinheiten notdürftig anderweitig untergebracht und sporadisch ernährt. Das Essen wurde von verschiedensten Stellen und Geschäften requiriert, da eine Bezahlung nicht möglich war. Oft wurde Nahrungsaufnahme durch stramme Haltung ersetzt. Die Folge war eine schlappe Truppe, von der man nicht viel erwarten konnte.

Trotzdem sollten diese Soldaten bei einer Großveranstaltung vorbildlich auftreten. Diese sollte demonstrieren, wie wenig die Aktivitäten der KI-F sich auswirkten und einem Staat anhaben konnten. So wurde die internationale Presse zu dieser „Macht-Demonstration" eingeladen. Noch einmal wurde die gesamte Truppe an die Disziplin erinnert und äußerste Anstrengung gefordert. Für hinterher wurde ein ausgiebiges, schmackhaftes Essen zugesagt. Bis zum Aufmarsch ging es lässig zu. Auf dem Paradeplatz stand die Mannschaft auch noch in Reih und Glied. Dann begann der Parademarsch mit vorschriftlichem Stechschritt, mit gestreckten Beinen. Diese Strapaze hielten einige Soldaten nur für wenige Schritte durch, dann brachen sie zusammen. Schnell lagen mehr als zwölf Mann auf dem Platz. Die ganze Formation fiel auseinander. Schließlich waren über 100 Personen kollabiert. Schnell verschwand die ganze Truppe von der Bildfläche. Nur einige, nicht schnell genug mitgenommene Kameraden waren noch zu sehen. Die Reporter auf den Tribünen sprangen auf und zückten ihre Foto- und Filmkameras. Die Bilder und Berichte wurden möglichst sofort ins Heimatland gesendet und weltweit verbreitet. Trotz aller Bemühungen war diese Pleite nicht zu verhindern. Auf Regierungsseite gab es entsetztes Schweigen. Der Diktator selbst tobte.

Die Neuigkeiten sprachen sich schnell herum, und die Stimmung in den Militärbasen wurde immer schlechter. Da dort ein Fernbleiben vom Dienst nicht so einfach war, wirkte sich die Stimmung nur auf die Motivation der Soldaten aus. Je länger jedoch auch hier kein Sold bezahlt wurde und sich dies bei den Familien bemerkbar machte, führte es zu ersten Protesten. Diese wurden rigoros bestraft, so dass nur noch eine widerwillige Besatzung an Bord blieb. Da auch die Führungskräfte bis hin zu den Generälen betroffen waren, kam doch Bewegung in die Armee. Auch hier war keine finanzielle Lösung zu finden, weil die Geldmittel irgendwie verschwunden schienen, und es kam zur ersten Auflösung einer Truppe. Dieser Vorgang dauerte ein Vierteljahr, bis er sich allgemein bemerkbar machte. Es wurde mit aller Gewalt versucht, wenigstens die Elitetruppen bei der Stange zu halten und über materielle Güter zu versorgen. Da auch hier die Dinge bezahlt werden mussten und das nicht möglich war, konnte nur kurzzeitig durch Requirieren ein Notzustand aufrechterhalten werden.

Beim Verfahren „Industrie 4.0" kann die KI-F auch eine softwaremäßige Beeinflussung realisieren. So lässt sich eine vollautomatisierte Produktion durch entsprechende Manipulierung der Steuerungsbefehle beeinflussen. Damit kann die Produktion geändert werden. Dasselbe gilt für Eingriffe auf die Warenflüsse. Werden Liefermengen oder Termine geändert, kann das den gesamten Fertigungsfluss ins Stocken bringen. Nicht auszumalen, was dann alles geschehen kann. Wird Einfluss auf die Steuerungsseite der Maschinen genommen, kann dies irreparable Zerstörungen zur Folge haben.

Die Informationen über den nicht ausgezahlten Sold erhielt ein Hauptmann nicht mehr. Er war mit seiner Familie für drei Wochen in Urlaub gefahren. Dort, in der Karibik, bestand so gut wie keine Internetverbindung. Er zahlte munter drauflos, alle Rechnungen in bar. Das Geld holte er sich mittels Kreditkarte bei der örtlichen Bank. Schließlich waren es über 4.000 €. Zuhause fand er dann den Kontoauszug mit dem Hinweis, dass sein Konto mit 3.577 € überzogen sei. Als er später sein Büro aufsuchen wollte, stand er vor verschlossenen Türen. Er stellte fest, dass keines der Büros mehr besetzt war. Trotzdem versuchte er sich beim Zahlmeister zu erkundigen. Das Vorzimmer war nicht abgeschlossen, auch das Zimmer des Zahlmeisters selbst konnte er betreten, aber Informationen erhielt er dort nicht. Schließlich versuchte er einen Kameraden anzurufen. Er hatte Glück, das Telefon war noch in Funktion, aber er erreichte nur dessen Frau. Diese war ganz erstaunt, dass er von nichts wusste. Es stimme, ihr Mann sei seit acht Tagen nicht mehr in die Kaserne gegangen. Die gesamte Mannschaft sei im Einvernehmen mit der Leitung von jeglichem Dienst befreit. Gerade sei ihr Mann auf dem Arbeitsamt, um sich als Arbeitsloser registrieren zu lassen. Dem Hauptmann blieb nichts anderes übrig, als dies ebenfalls zu tun.

Da nirgends mehr Lohn überwiesen werden konnte, streikte das Militär bald weltweit. Sicher nicht zeitgleich, da die Strukturen von Land zu Land unterschiedlich waren. Teilweise wurde die Mannschaft gezwungen, den Dienst auch ohne Lohn weiter zu verrichten. Dies wurde aber dadurch erschwert, dass die Lebensmittelversorgung genauso unter dem Zahlungsverzug litt und in der Konsequenz keine Ware mehr geliefert werden konnte. In demokratischen Staaten wie den USA wurde die Methode des Einfrierens des Soldes durchgeführt. Damit wurden sämtliche Budgets der Militärs vollständig geleert. Diese riesigen Geldmengen wurden dann von der KI-F anderweitig verteilt. Selbst in Diktaturen konnte bald nichts mehr für den Erhalt der Waffenträger getan werden.

Betroffen waren auch Zulieferer, die sich auf die Produktion für die Rüstungsindustrie spezialisiert hatten. Da deren Rechnungen nicht mehr beglichen wurden, lieferten sie keine Ware mehr. Das Finanzfiasko führte dazu, dass die Produktion schließlich eingestellt werden musste und sich die Belegschaft um andere Arbeitsplätze bemühte. Für die Mitarbeiter war es unverständlich, wieso ein Betrieb, der ausschließlich für die Bundeswehr arbeitete, kein Geld mehr haben sollte. Von den Politikern wurde doch immer gesagt, man müsste mehr für die Rüstung tun – und dann war ausgerechnet für die Beschäftigten der Rüstungsindustrie kein Geld mehr da. Einzelne Werke versuchten noch irgendwie an Geld zu kommen. Doch ihre Überweisungen wurden sofort wieder durch die KI-F anderweitig ausgegeben, so dass es nicht möglich war, bargeldlose Zahlungen vorzunehmen. Da sich die Eingriffe in das Finanzsystem der Rüstungsindustrie nicht nur auf ein Werk beschränkten, sondern alle nationalen Rüstungsstätten betrafen, ergab sich in allen Staaten das gleiche Problem. Die Rüstungsindustrien wurden weltweit arbeitslos und das Problem mit dem Militär war überall vorhanden.

Ohne dass irgendein Mensch eingegriffen hatte, hörte die Produktion nicht nur der Rüstungsindustrie, sondern der gesamten Waffenindustrie auf. Die Aufregung in allen Regierungen kann man sich vorstellen. Alle Bemühungen, die finanzielle Seite wieder in Gang zu bringen scheiterten. Die KI-F erweiterte ihre Aktivitäten auch in der Hinsicht, dass Politiker oder Geldgeber, die für die Rüstung aktiv gewesen waren, ihrer finanziellen Mittel beraubt wurden. Dies traf besonders die autoritär handelnden Präsidenten und Diktatoren mit großem finanziellem Polster. Diese sahen es nicht ein, keine militärische Macht mehr zu haben. Daher versuchten sie mit ihrem Geldvermögen in die Bresche zu springen. Da ihr Vermögen aber – ohne ihr Zutun – rasant abnahm, wurden auch sie sehr schnell ärmer.

Bisher ging es um die mit den beschriebenen Maßnahmen weitgehend unterbundene Herstellung von Schusswaffen. Aber es gab ja auch noch die bereits vorhandenen und verbreiteten Waffen. Für diese galt: Erstens stand über kurz oder lang keine Munition mehr zur Verfügung, da die entsprechenden Fabriken nicht mehr produzierten. Zweitens wurde den Waffenhändlern das Kapital für ihre Waffenlager entzogen und ihnen jeglicher Geldverkehr untersagt. Allen Polizisten, die Waffen einsammelten und zur Vernichtung registrieren ließen, wurde vom KI-F-Sammelkonto eine Geldprämie ausgezahlt. Bei der Polizei selbst blieb der Waffengebrauch vorerst sanktioniert. In wieweit für diese Munition hergestellt werden musste, hing vom Gebrauch und der Moral der betreffenden Polizisten ab. Die große Gefahr war jedoch, dass jegliche Munition in falsche Hände geraten konnte, sei es bereits von der Fabrik aus oder durch Geschäfte mit den Polizisten.

Da gegen die großen Militärobjekte wie Atomraketen, Kriegsmarinen und Luftwaffen nichts mit finanziellen Mitteln zu erreichen war, mussten hier andere Wege gesucht werden. Bisher hatte das System KI-F nur über die Geldbewegungen eingegriffen. Ein großes Gebiet tat sich jetzt mit der Digitalisierung und Automatisierung mit Hilfe der Technik auf.

Bei diesen Überlegungen und Zielsetzungen wurde darauf geachtet, dass die Kasernen oder Waffendepots nicht mehr von Menschen besetzt waren und keinen militärischen Schaden anrichten konnten. Eine derartige Auflage musste der KI-F von Haus aus mitgegeben werden. Das Ziel konnte nicht sein, Waffen und Kasernen zu vernichten und keine Rücksicht auf Menschenleben zu nehmen. Das Vernichten der Waffen sollte ja gerade das Leben auf der Erde menschenwürdiger machen, und da ging es nicht an, das eine Ziel ohne Rücksicht auf Verluste zu erreichen.

Bei den Kasernen und den dortigen Waffenarsenalen setzte eine allgemeine Auflösung ein. Hier wirkte sich die Stromsperre aufgrund der nicht erfolgten Zahlung aus. Dabei waren besonders die Sicherungssysteme betroffen, die nicht mehr funktionsfähig waren. Schon die Bewachung der Areale bedeutete einen enormen Aufwand für das Wachpersonal, da dieses nicht bezahlt werden konnte, weil es zu den Militärausgaben gehörte und damit gesperrt war. Ohne Bewachung aber stand der Arbeit der Aasgeier nichts im Wege. Sehr schnell verschwanden brauchbare Teile. Anfangs waren es neben den beweglichen Teilen die Autos und die technischen, privat nutzbaren Geräte. Dies bezog sich auch auf die Gebäude. So waren die ganzen Installationseinrichtungen wie Waschbecken, Armaturen, usw. bis hin zu Kabeln von Interesse. Viele Kasernen wurden so zu Problemfällen, weil alles Brauchbare aus ihnen entwendet worden war.

Die leerstehenden Kasernen und weiteren Gebäude des Militärs machten nicht nur Probleme aufgrund der Wasserversorgung, der Elektrizität, der Heizung und des Vandalismus. Es kam außerdem eine zu zahlende Miete hinzu, die nun erhoben wurde, auch wenn es sich um staatliches Eigentum handelte. Diese Miete war in Höhe des ortsüblichen Tarifes fällig.

Da dies alles laufende Kosten verursachte, musste versucht werden, die Gebäude als Wohnungen, Altenheime oder Lazarette umzuwandeln, zu verkaufen oder einer anderen staatlichen Stelle oder Gemeinde abzutreten. Da dies eine Aufgabe der KI-F war, war auch in den diktatorischen Staaten dieser Geldfluss nicht abzuwenden und machte sich bei den Staatsfinanzen bemerkbar. Je weiter das Abrüsten durchgeführt wurde, desto schwieriger wurde es für eine Wiederaufrüstung. Genau das aber wollte die KI-F erreichen.

Aufstände und Beschwerden kamen von der Jägerschaft. Durch das System „no arms" konnten von dieser keine neuen Gewehre und sonstige Schusswaffen mehr erworben werden. Auch ein Nachschub an Munition, einschließlich Schrot war nicht mehr aufzutreiben. Die schönen Zeiten, auf einem gemütlichen Anstand auf das Wild zu warten und dann zu schießen, waren damit für die Hobbyjäger vorbei. Um die Aufgabe der „Hege des Wildbestandes" zu gewährleisten, wurde der Aufwand erheblich größer. Ohne Schusswaffen fand man sich ins Mittelalter versetzt: Spieße, Dolche, usw. konnte der Jäger nutzen, oder auch Pfeil und Bogen. Erfindergeist war gefragt. Aus Vergnügen am Jagen wurde richtige Arbeit mit körperlichem Einsatz. Sollten damit die hochherrschaftlichen Zustände wiederkehren? Wer es sich leisten konnte, ließ sich das Wild vorführen, vorbereiten, so dass man nur noch zustechen oder schießen musste. Mit einem gezielten Schuss war es vorbei. Dies ist nur ein weiteres Beispiel dafür, wie sich die Einstellung der Waffenproduktion auswirkte.

ANDERE WAFFENTRÄGER

Die Polizei und alle Sicherungskräfte mussten sich auch etwas einfallen lassen. Einerseits wurden mehr körperliche Kräfte gefragt. Andererseits hatte auch der Gegner keine Schusswaffen mehr und es war ihm damit anders beizukommen. Würde bei der Polizei eine Lockerung des Waffenverbotes eingeführt, wäre es nur eine Frage der Zeit, bis Waffen unter der Hand angeboten würden. Sicherlich würden die Ordnungshüter einen Ausweg finden, aber leider auch die Ganoven.

Sicher kann in Diktaturen mit Autorität und Gewalt bei einer Truppe auch ohne Verpflegung aber nur mit Wasser Gehorsam erreicht werden. In Kriegen zeigt sich, dass in manchen Kampfsituationen die Verpflegung nicht mehr gewährleistet ist. Ein Beispiel sind die Kämpfe im Zweiten Weltkrieg um Stalingrad. Hier wurde weiter gekämpft, obwohl kaum Nahrung vorhanden war. Dies zeigt, selbst wenn nicht nur kein Sold gezahlt wird, sondern sogar die Verpflegung fehlt, lässt sich eine Truppe für eine begrenzte Zeit im Einsatz halten. Aber nur eine gewisse Zeit. Wenn dann die ersten Soldaten aus Schwäche zusammenbrechen, ist dies nicht mehr gewährleistet. Ein Soldat kann auch ohne Sold leben. Aber bei seiner Familie wird das nur kurzfristig möglich sein. Wenn dann die Diktatur keine Abhilfe schafft, wird die Gruppe nicht mehr bleiben, sondern nach Hause gehen. Es sind viele Dinge, die bei Geldmangel den Erhalt einer Truppe nicht mehr gewährleisten können. Ohne Strom und Wasser ist eine Kaserne nichts anderes als ein gemauertes Zelt. So lassen sich viele Beispiele finden, wieso ohne Geldmittel das Militär nicht mehr funktionsfähig bleiben wird. Sicher ist in Diktaturen die Aktionsfähigkeit etwas länger als in Demokratien, was kurzfristig gefährlich sein könnte. So lange in der Welt das Geld regiert, lässt sich über dieses auch politisch viel erreichen. Hinzukommt, dass die Abhängigkeit von der Digitalisierung und Informatik zusätzliche Angriffspunkte bietet.

Nachdem in der New York Times der Artikel „Woher haben die Syrer so viel Geld?" erschienen war, wurden die Journalisten weltweit munter. Sie berichteten aus ihrem Land beziehungsweise Bereich ähnliche Vorgänge. Dabei waren die Summen, die auftraten, erheblich. Es ging oft um Tausende, ja teilweise sogar um Millionen Euro, die gutgeschrieben wurden. Es kristallisierte sich heraus, dass nur die von Kriegen Betroffenen oder durch Ausbeutung und Diktatur Benachteiligten zu den Begünstigten gehörten. Augenfällig waren Nachrichten in den sozialen Netzwerken. Hier wurden die Begünstigten aufgefordert, das Geld möglichst schnell anzulegen, um Schäden und Verluste, die durch die Kämpfe oder durch irgendwelche verwerflichen Gründe entstanden waren, zu begleichen. Es sei auch keine ständige Zahlung, sondern nur eine wohl einmalige. Also nütze dieses Geld nichts für den normalen Verbrauch!

Über die Probleme der Verteilung der Geldmittel wurde bereits berichtet. Aber es gab noch eine andere Hürde, nämlich die Beschaffung von Baumaterialen und dergleichen. Gerade an diesen Orten fehlten die Infrastruktur und die notwendigen Handelswege. Daher mussten die verschiedensten „krummen Wege" genutzt werden, um an entsprechende Materialien und Waren heranzukommen. Aber im Orient ist wohl vieles möglich! Es war notwendig, schnell die Geldmittel abzuheben, da man nicht sicher sein konnte, dass der Staat oder ein anderer sich solche Summen aneignete. Wurde dagegen versucht, Waffen zu besorgen, verschwand das Geld umgehend. Dasselbe galt auch, wenn man mit dieser Unterstützung anfing zu spekulieren. Letzteres wurde auch bei den Lieferanten geahndet und genauso bei Wucher.

In den Orten der Ausgebeuteten und Unterdrückten war zwar die Infrastruktur meist vorhanden, dafür aber das Abkassieren durch Ausbeuter beziehungsweise den Staat wahrscheinlicher. Hier wusste man vielmehr, dass man das Geld schnell sicherstellte. Daher wurde versucht, die Betroffenen über die sozialen Medien zu erreichen. Sie sollten wissen, dass für sie ein beträchtlicher Geldbetrag bereits geordert war. Diesem sollten sie möglichst schnell nachgehen und ihn sich dann auszahlen lassen. Leider zeigten die teilweise möglichen Nachforschungen, dass dies nicht immer der Fall war. Die Gelder flossen in andere Kanäle.

Die normalen Überweisungen funktionierten in der üblichen Weise problemlos. Anders war es bei anderen Aktionen. Hier stellte sich heraus, dass bei allen Kriegsmaterialien, Militärausgaben und allen Arten von Waffen Zahlungsschwierigkeiten auftraten. Sogar die Gehälter in den betroffenen Ministerien wurden nicht geschont.

Nachdem in allen Staaten der gleiche Zustand der Waffenlosigkeit, also der Verteidigungsunfähigkeit, herrschte, wurde versucht, ein neues Zahlungssystem zu installieren. Allein um dafür eine neue, sichere Technik zu entwickeln, verging viel Zeit. Internationale Diskussionen, Erprobungen und laufend weitere Bedingungen taten das Übrige. So vergingen Jahre ohne ein neues Überweisungssystem.

Die Diplomatie hatte andere, friedvollere Wege gefunden, um ihre Ziele zu erreichen. Man hatte u. a. seine Handelsmacht, Wissenschaft und technische Entwicklung, Kultur und Sport, mit denen man punkten konnte. So spielte sich alles ein. Auch Revolutionäre und Aufständische fanden gewaltlose Druckmittel, um ihre Ziele zur Geltung zu bringen. Streiks und Eingaben taten ihre Wirkung. Der Staat konnte nicht mehr mit Gewalt eingreifen. Er musste sich einer Diskussion stellen und öfter nachgeben. Alles lief friedlicher ab. Es gab keine Toten mehr.

Such für die Reichen und Spekulanten konnte ein besseres Überweisungssystem etwas bringen. Beim bisherigen Einfluss der KI-F war aus Sicht der Steuererfassung kein Vorteil einer anderen Überweisungstechnik zu erkennen. Die Gewinne waren deutlicher zu ermitteln und sparten darüber hinaus zusätzliche Nachforschungen. Gerade das Verfahren zur Ermittlung des Einkommens war erheblich effektiver. Außerdem wurde das ungute Gewinnstreben durch einen festen Betrag begrenzt. Damit wurde auch der Einfluss der Milliardäre geringer. Großmilliardäre wie Elon Musk waren bis dato in der Lage, mit ihren Geldmitteln starken Einfluss auf die Politik der Staaten zu nehmen, allein durch Bestechungen usw. Da hatte die KI-F also wohl einiges erreicht.

Bisher hatte das System KI-F nur über die Geldbewegungen eingegriffen. Es konnte aber auch eine softwaremäßige Beeinflussung realisiert werden. Gerade bei den Großmächten war moderne Technik ein wesentlicher Bestandteil der Industrie und des Handels und wurde mit aller Gewalt gefördert. Das zeigte sich etwa beim Programm Industrie 4.0 und dem Ausbau des G5-Netzes. Beide Projekte benötigten die Digitalisierung und nutzten das Internet. So konnte die Fertigung von der KI-F durch entsprechende Manipulierung der Steuerungsbefehle beeinflusst werden.

Um auf das Militär und die Waffen zurückzukommen, wird dort oft vom „roten Knopf" der Machthaber gesprochen. Das ist auch der Einfluss auf den militärischen Ablauf eines Kampfes. Hier wird mit roher Gewalt, mit unendlich vielen Menschenopfern und massiven Zerstörungen versucht, einen gewaltsamen Sieg zu erreichen. Da diese Initialzündung mithilfe der Fernmeldetechnik erfolgt, muss ein Einfluss möglich sein. Werden eigene Funkfrequenzen benutzt, lassen sie sich stören. Wird bei der Übertragung das Internet verwendet, ist es für die KI-F ein Leichtes, Einfluss zu nehmen. In jedem Falle ist der Übertragungsweg vom roten Knopf zu den Kampfmitteln zu unterbrechen und möglichst zu zerstören, da der rote Knopf zur Aktivierung von unheimlichen Vernichtungswaffen, meist Atombomben und Raketen, führt. Dabei werden rücksichtslos Menschen, einschließlich Kindern, getötet und alle Einrichtungen zerstört. So ein Angriff hat zusätzlich lang andauernde, tödliche Strahlungen zur Folge.

ABSCHALTEN DES INTERNETS?

Die KI-F lebt in und vom Internet. Daher lag der Gedanke nahe, durch das Abschalten des Internets auch die Aktivitäten der KI-F unterbrechen zu können. Damit wäre jedoch auch der gesamte allgemeine Informationsfluss unterbrochen worden. Nicht nur Nachrichten ließen sich dann nicht mehr verbreiten, sondern auch die meisten geschäftlichen Informationen sowie private Mitteilungen, Fotos, etc. In der Folge müsste alles brieflich oder telefonisch erledigt werden, so auch der Zahlungsverkehr. Je weiter die Digitalisierung und der drahtlose Verkehr in einem Land eingeführt waren, desto schwieriger und mit viel größeren Auswirkungen verbunden wäre so eine Abschaltung.

Bisher wurden Dateien und Konten durch Fremdeinflüsse blockiert. Die Sperre konnte durch ein Lösegeld aufgelöst werden. Anders wäre es, wenn nicht nur eine Sperrung, sondern auch eine Überweisung erfolgte. Dann könnte der Kontobestand entsprechend manipuliert oder entleert werden.

In einer Rüstungsfabrik sollten für Lieferungen 13,5 Millionen € überwiesen werden. Da das Konto aber von der KI-F total geleert worden war, kam die Rückmeldung: Sie überziehen Ihr Konto! Die Aufregung war riesengroß, da der letzte ausgewiesene Kontostand über 30 Millionen € betragen hatte. Auf die Rückfrage bei der Bank erhielt man die Auskunft, es wären entsprechende Überweisungen getätigt worden und daher ergäbe sich ein Kontostand von 0 € Euro. Bis zur Klärung des Vorganges wollte man das Konto also überziehen. Da auch alle weiteren Überweisungen ausschließlich auf Überziehungskredit getätigt werden konnten, wurden nur die notwendigsten Anweisungen herausgegeben. Schnell war die 100-Millionen-Grenze weit überschritten und die Bank reklamierte eine Begleichung. Es wurden alle Möglichkeiten genutzt, um vom Militäretat eine weitere Auszahlung zu erhalten. Alle diese Bemühungen scheiterten. Hinzu kam, dass jede sonstige Einzahlung sofort wieder durch fremde Überweisungen entnommen wurde.

Das System KI-F erhält von allen Entwicklungen Informationen, sofern sie im Internet dokumentiert sind. Dann ist es ein Leichtes, wirksame Abwehrmittel zu installieren, beziehungsweise beim Entstehen installieren zu lassen. Es kann Konten sperren, jedoch Beträge abzuziehen vermag es nicht. Dafür bräuchte es ein eigenes Konto, und da wären eine Adresse und Anschrift erforderlich. Damit würde es nicht mehr anonym bleiben. Wollte die KI-F wirklich Beträge von beliebigen Konten und Banken abziehen und dann umverteilen, musste ein anonymes Verfahren her. Das war schließlich gefunden und erfolgreich. In jedem Falle stehen dem System erhebliche Geldmittel zur Verfügung, da die Militäretats der einzelnen Staaten in die Milliarden Dollar gehen. Besonders die großen Staaten werden ungewollt erhebliche Mittel in das System einfließen lassen.

Nachdem die Militärbasen ausgetrocknet waren, mussten sich die Staaten um die vielen frei gewordenen Militärs und Mitarbeiter der Rüstungsindustrie kümmern. Dafür standen aber nun nicht mehr die benötigten Militäretats zur Verfügung. Das System selbst versuchte, sich weiter auszubauen, indem es über irgendwelche Mittel Menschen für die eigene reale Arbeit organisierte. Eine dieser Aufgaben war, ein eigenes, autarkes Informationsnetz aufzubauen. Gedacht war an eine Ausführung nur über Satelliten. Diese waren vorhanden und würden sich für viele weitere Aufgaben nutzen lassen.

Ein mittelständiges Unternehmen wurde durch einen Hacker-Angriff vollständig lahmgelegt. Es konnte keine Bestellungen mehr annehmen und keine Bestellungen mehr ausführen. Es war sehr schwierig, die durch diesen Cyberangriff gesperrten Dateien wieder aktiv zu bekommen. Zum Teil waren ganze Datenbanken verschlüsselt worden und damit nicht nutzbar. Das Lösegeld in Höhe über 300.000 € wollte man nicht zahlen, da der Erfolg die Hacker dann nur zu weiteren Taten angereizt hätte. Im vorliegenden Falle war es gut, dass gewisse Programme extern gespeichert waren. Diese dienten mit dazu, das System wieder von den Viren zu befreien. Dieser Cyberangriff erfolgte im Zuge eines Datenaustausches und damit gelang es, alle Sperren zu überwinden. Wieder ein Beispiel, wie man Dateien manipulieren, also auch löschen kann. Konten sind auch nichts anderes als Dateien, und so kann man Ab- und Zubuchungen übers Internet vornehmen. Für die künstliche Intelligenz von KI-F ist das sicher kein Problem.

CYBER ANGRIFFE

Fakt und Fake unterscheiden sich nur in einem Buchstaben. Sie sind aber vom Sinn her fast gegensätzlich. „Fakten" sind Informationen, die auf Tatsachen beruhen, nachprüfbar und wahr sind. Dagegen sind „Fake News" Lügen, Wahrheit verdrehende Informationen, bösartige Verleumdungen und zum Teil rein erfundene Nachrichten. Gerade diese können total falsche Reaktionen hervorrufen. Man kann damit sogar genau das Gegenteil von der ursprünglichen wahren Meldung erreichen. Schon eine Nachricht, die nur die Hälfte und den wesentlichen Teil einer Wahrheit weitergibt, kann irritierend wirken. Mit diesen Gegebenheiten muss sich also die KI-F bei ihren Recherchen abgeben. Nur Fakten dürfen zu Eingriffen in das Finanzsystem führen.

Cyberattacken verursachen immer wieder Probleme. So sollen Eingriffe der USA in die Uranproduktion des Irans erfolgreich gewesen sein. Inwieweit solche Meldungen der Wahrheit entsprechen, ist fraglich. Diese werden weder bestätigt, noch lassen sie sich überprüfen. Andererseits zeigen sie, dass auf diesem Sektor sicher viel entwickelt und erprobt wird. Bestimmt sind manche Versuche erfolgreich gewesen und dann publiziert worden. Dass eine große Möglichkeit besteht, in Anlagen einzugreifen, ist wahrscheinlich. Bereits ein 14-jähriger Jugendlicher soll solch ein Schadensprogramm ins Internet gestellt haben.

Interessant ist, dass Erpresser mit Cyberangriffen recht verlässliche Geschäftspartner sein sollen. So wären diese laut NZZ vom 17.12.2020, zu 96 % den Zusagen, die nach der Zahlung der Forderungen erfolgen sollten, nachgekommen. Wäre dies nicht so, könnten die Forderungen der Erpresser auch wesentlich schwieriger durchzusetzen sein.

Die Cyber-Software versucht z. B., Zugriffsrechte zu ergattern, um dann Sicherungssperren umgehen zu können. Darauf werden dann die Cybersperrungen und die weiteren Dateneingriffe installiert. Da diese Vorgehensweise erfolgreich zu sein scheint, wird deutlich, dass auch die KI-F mit ähnlichen Methoden ihre beschriebenen Ziele realisieren kann. Dabei geht es nur um die Methode, nicht jedoch um die Realisierung wie bei den Cyberangriffen. Zwar wird auch hier mit Geld hantiert, aber dieses geht nicht an die Angreifer, sondern an einen bestimmten Kreis von Bedürftigen.

Über Cyber-Software lässt sich eine Beeinflussung der Steuerung durchführen. So sollen Cybersysteme wie „Silex" oder „Blickerboot" Tausende Geräte außer Betrieb gesetzt haben. Diesen Schadprogrammen ist es damit gelungen, sämtliche Passwörter sowie Firewalls und ähnliche Sicherungsprogramme zu knacken. Es erfolgt eine Löschung der Daten oder ein Überschreiben derselben. In vielen Fällen konnte durch eine Neuinstallation der Programme der Schaden behoben werden.

Interessant ist die Sperrung der sozialen Dienste in China. So sind Facebook, X (vormals Twitter) und Google für Chinesen nicht mehr erreichbar. Diese Aufgaben haben die Internetfirmen Baidu, Alibaba sowie Tencent übernommen. Hier wird sich für die KI-F eine Aufgabe ergeben, die Sperren für ihre Aktivitäten zu überwinden. Eigentlich sind nicht die Sperrungen zu beseitigen (das ist sowieso eine kaum realisierbare Aufgabe), sondern man muss sich mit den Gegebenheiten in China auseinandersetzen. Das in China vorhandene Internet mit seinen lokalen Varianten muss von der KI-F so beeinflusst werden, dass Informationen über diese Netze an die Öffentlichkeit gelangen, dann sind die Sperrungen umgangen und der notwendige Informationsfluss ist gewährleistet.

Der ungewünschte Einfluss auf das Internet wird oft publiziert. Thematisiert werden zum einen die Hacker, zum anderen Cyberangriffe. So sollen Fabriken im Iran durch derartige Eingriffe lahmgelegt worden sein, so dass Störungen bei der Raketenfertigung auftraten. Russland soll 2016 auf die Präsidentenwahl 2016 in den USA eingegriffen haben. Auch China wird für Übergriffe verantwortlich gemacht. Nebenbei, solche Angriffe sind meist nicht direkt zu analysieren und damit ist der Ursprung des Eingriffes nicht zu ermitteln. Dadurch lässt sich auch der Staat, der den Eingriff verursacht hat, nicht eindeutig erkennen. Neben staatlichen Geheimdiensten und militärischen Dienststellen sind es auch Computerfreaks, Computernerds genannt, die auf diesem Gebiet tätig sind und Schäden anrichten. Dies zeigt, dass es für eine KI-F durchaus möglich ist, über das Internet mitzumischen.

Die Gier nach der Ausbreitung des Internets und die Sucht nach Informationen ist für die Arbeit des KI-Systems nur willkommen. Nicht immer sind die Ziele der Anwender dabei dieselben. Für den Westen steht die Nutzung für den allgemeinen Informationsaustausch und für die Steuerung von Aggregaten und Maschinen, also für die Wirtschaft, im Vordergrund. Im Osten, speziell in China, erhofft man sich mit dieser Technik eine bessere Möglichkeit der Überwachung der Bevölkerung. Dabei spielt künstliche Intelligenz eine wesentliche Rolle.

Ein Konzern plante, einen großen Marktanteil einer anderen Firma zu übernehmen. Von jener Firma wurden viele positive Informationen über das Produkt und dessen Wert übermittelt und dementsprechend eine Preisforderung abgegeben. Dabei hatte dieses Produkt aber auch einige Nebenwirkungen mit unterschiedlichen Auswirkungen. Diese wurden nicht weiter erwähnt, beziehungsweise heruntergespielt: Man gab sie als Fehlinformationen aus. So ging der Käufer diesen Informationen nicht weiter nach, obwohl sie für die Verkaufssumme eigentlich wesentliche Reduzierungen bedeutet hätten. Der Kauf wurde abgewickelt. Der Marktanteil wurde freudig übernommen. Aber der Nebeneffekt des Produktes verursachte Probleme und hatte Gerichtsprozesse zur Folge. Diese wiederum führten zu Gerichtsurteilen, die in der Summe über 1 Milliarde Euro betrugen. Aber nicht nur diese Zahlungen trafen die Firma, sondern auch der damit einhergehende Imageverlust des Produktes. Der Kaufpreis war viel zu hoch. Statt Gewinnen hatte man nur noch Verluste – und der eigene Kurswert fiel ins Bodenlose. Das alles nur aufgrund der verschwiegenen negativen Nebeneffekte.

Grundsätzlich wird künstliche Intelligenz von vielen Firmen weiterentwickelt und zum Teil von Programmen genutzt. Alle diese Veröffentlichungen können von der KI-F entsprechend mit in die eigenen Programme aufgenommen werden. Dabei greift das System auch auf geheime, im Datennetz vorhandene Informationen zurück. Selbst die von den entsprechenden Firmen erstellte Software lässt sich dann mit einbinden. Dies gilt genauso für alle sonstigen Veröffentlichungen und Präsentationen, die von den Firmen Google, Facebook, Amazon, Apple usw. ins Internet gestellt worden sind.

Die Absicherung des 5G-Netzes gegen Fremdeingriffe wird besonders beachtet. So wird das Netzwerk, das Public Land Mobile Network (PLMN), durch verschiedene Maßnahmen abgesichert. Die Teilnehmeridentität soll in keinem Fall ersichtlich sein. Auch kryptographische Verfahren werden eingesetzt. Besondere Protokolle sollen den Datentransport absichern. Hierfür ist die KI-F bereits vorbereitet, damit die eigene Aufgabe trotzdem weiter erfüllt werden kann.

Die Entwicklung der Programme und Algorithmen erfolgt rasant. Immer mehr Möglichkeiten werden geschaffen, so dass die hier erwähnten Programme Wirklichkeit werden. Allein 2018 wurde in den USA für Start-ups auf dem Gebiet der Digitaltechnik und Informatik die Hälfte des Budgets in Höhe von 131 Milliarden US-$ in Unternehmen der Region San Francisco und Silicon Valley investiert. Zum Vergleich: Der gesamte deutsche Bundeshaushalt 2020 betrug nur 356 Milliarden €. Diese Zahlen zeigen, mit welcher Intensität die Entwicklung vorangetrieben wird. Somit erscheinen alle Aussagen über die Fähigkeiten der KI-F sicher als realistisch.

Alle genannten Programme und Algorithmen sind in Computern, Dateien und Datenbanken gespeichert. Bei der KI geht es weiterhin um das Lernen, Auswerten und schließlich das selbstständige Denken. Auf all diesen Gebieten wird heftig gearbeitet und es werden immer wieder neue Erkenntnisse veröffentlicht. Erst wenn hier ein übergreifendes Konzept wirksam werden kann, ist ein Einsatz im Betrieb möglich.

Überlegungen zu neuartigen Verknüpfungen, zum Beispiel Technologie mit unserem Gehirn zu verwenden, führten zu den neuronalen Netzen. Auch mit anderen Verknüpfungsmethoden versucht man weiterzukommen. Je mehr Erkenntnisse man vom Menschen erfassen kann, umso eher kann man auf dessen Reaktionen schließen. Das gilt auch auf den Forschungsgebieten für Gesundheit und Krankheit. „Die App weiß, wann du stirbst", lautete eine Headline in der NZZ vom 22.2.2019.

Die verschiedenen Religionen predigen mehr oder weniger von einem allmächtigen, übersinnlichen, unsterblichen, allwissenden Wesen, dem wir folgen sollen. Für Christen ist dieses Wesen Gott, und Christus zeigt uns, wie wir mit Gott in Beziehung treten können und uns auf der Erde verhalten sollen. Genau das könnte das Leitmotiv für die KI-F sein. Einzelne Abschnitte der zehn Gebote wären in diesem Falle auch nützlich. Die selbstständige, selbst lernende Denkfabrik im Internet würde dann dort eingreifen, wo Menschen diese Regeln nicht einhalten. Andererseits könnte es auch ganz andere Aktionen dieses Geistes geben. Er könnte alles Menschenwerk zerstören und auch in der Natur Verwüstungen anrichten.

Die Datensammlung und -auswertung im Internet verursacht auch eine gesellschaftliche Veränderung. So verblassen die Unterschiede zwischen Frau und Mann, zwischen religiösen und politischen Einstellungen sowie dem individuellen Verhalten. Solche Differenzierungen geben die neutralen Nullen und Einsen der Daten nur gegebenenfalls durch ihre Kombinationen mit weiteren Informationen wieder. Die sozialen Netze sprechen alle an und sind normal nicht nur für bestimmte Kreise gedacht. Dies ist anders bei E-Mails, die an einen bestimmten Empfänger gerichtet sind. Auch für die Hierarchien und damit die Staatshoheit ergibt sich hierbei eine Verringerung von deren Wirkungsmöglichkeiten. Durch den Einfluss über das Internet werden viele Vorgaben und sogar Gesetze kontaminiert. Manches lässt sich dann nur noch mit brutaler Gewalt durchsetzen. Die diversen Proteste und Streiks sind weltweit zu spüren.

All das sind Beispiele, wie sich die Datenwelt ausbreitet und damit unentbehrlich wird. Dies ist auch ein Trost für die KI-F. Erwähnt sei, dass die Datenmenge gleichsam ins Unendliche wächst und zu einem Kollaps führen kann – oder sie muss ausgemistet werden. Letzteres wird nicht ohne Menschen möglich sein.

Für das bereits laufende KI-F-Geschäft sind konkrete Informationen über die neuesten Arbeitsweisen der Hacker von Interesse. Durch das neuerdings häufigere Homeoffice haben sich für die Cyberkriminelle neue Wege aufgetan. So sind private PCs häufig über die Datenverbindung direkt mit Bürocomputern verbunden und lassen über diesen Weg leichter Eingriffe auf die Firmen zu als bisher. In Deutschland sollen zudem 28 % der User den Datentransfer über E-Mail abwickeln. Hier lassen sich Passwörter und andere Daten durch Phishing erkunden.

Andererseits sind neue Arten der Abwehr von Cyberangriffen für die KI-F beachtenswert. Hier werden z. B. Maßnahmen für Backup-Systeme werden vorgeschlagen, die auch für die Arbeit der KI-F hinderlich werden könnten. So kann man sich auf diese Verhinderungen eines Eingriffes vorbereiten. Das installierte Lernprogramm ist dabei eine Hilfe.

Es zeigt sich, dass Fälschungen technisch möglich sind. Aus dem Integritäts-Labor von Philip Wang aus den USA wird berichtet, dass man in Bruchteilen von Sekunden Fälschungen von Porträts erstellen kann. Bei der Verbrechensbekämpfung wird diese Methode in manueller Form schon länger verwendet. Durch den Einsatz der KI sind die Bilder dann kaum vom Original zu unterscheiden. Für die KI-F ist das eine Bestätigung, auch selbst einem Original ähnliche und damit wirksame Objekte oder Dateien zu erstellen und dann erfolgreich einzusetzen. Andererseits könnten diese Tools mit anderen Tools kombiniert Bots ergeben, die selbstständig vorgegebene Aufgaben erfüllen. Eine gewisse Ähnlichkeit mit dem System KI-F ist da vorhanden. Dieses Verfahren birgt die Gefahr der Medienmanipulation in sich. Daher sollte es nicht öffentlich verbreitet werden.

WIE KANN MAN KI-F SCHÜTZEN?

Auch die Blockchain-Technologie stand Pate beim KI-F-System. Diese wird schon von verschiedenen Firmen beim Kryptozahlungssystem eingesetzt, wo sie eine größere Sicherheit verspricht. Dabei werden frühere Informationen herangezogen, um eine Eingabe auf Identität zu überprüfen. Die Datensätze, Blöcke genannt, werden mit kryptographischen Verfahren miteinander verknüpft und laufend weitergeführt. Da diese bei einer neuen Dateneingabe zur Identität des Eingebers hinzugezogen werden, ist eine eindeutige Identifizierung möglich. Dies ergibt die große Sicherheit. Ein Beispiel ist auch die dezentrale Kontobuchführung, die Distributed-Ledger-Technologie (DLT). Das Prinzip entspricht einem alten Verfahren. Bei Schulden wurden diese auf zwei gleiche Stäbe eingeritzt. Sowohl der Schuldner als auch der Gläubiger erhielten einen. Sollte einer etwas an seinem Stab verändern, zeigte es sich beim Vergleich mit dem anderen Stab. Dementsprechend musste das Schuldverhältnis geklärt werden.

Obwohl viele Daten verschlüsselt werden, werden sie von Hackern ausspioniert. Diese „Cybercrime" macht vor, wie auch andere Spionageprogramme Dateien erreichbar und manipulierbar machen.

Für die KI sind bestimmte Gebiete problematisch. Bisher sind noch keine vernünftigen Algorithmen verfügbar, um soziale und gesellschaftliche Verantwortung zu erfassen. Rein wirtschaftliche und auch ökologische Probleme hat die Wirtschaft schon angegangen. Trotzdem ist noch ein großer Entwicklungsbereich erforderlich. Von staatlicher Seite versucht man neue KI-Apps zu regulieren. Dabei steht im Vordergrund, die Anwendung zu überprüfen und gegebenenfalls zuzulassen. Für die KI-F wird so eine Prüfung sicher nicht erfolgen, da dieses System gar nicht erst öffentlich wird und streng geheim entsteht, so wie alle militärischen und polizeilichen Programme.

Kein Hackerprogramm wird sich vorher genehmigen lassen. So wird auch hier alles Mögliche versucht, dass von dem Projekt nichts nach außen dringt. Wenn es dann schließlich im Internet installiert ist, kann keine noch so hoheitliche Instanz etwas an der KI-F ausrichten, genauso wenig wie selbst die Entwickler.

Andererseits erkennen langsam auch die Wettbewerbshüter die Gefahr der großen digitalen Firmen wie Google, Apple, Facebook usw. So versuchen diese Giganten möglichst viele Wettbewerber auszuschalten. Ihnen stehen immer mehr Datenmengen zur Verfügung, mit denen sie arbeiten können. Zugleich sind sie aufgrund ihres Kapitals in der Lage, fast alle Konkurrenten aufzukaufen. Wenn man – so wie China – viele Internetdienste verbietet, erreicht man zwar die Einschränkung für diese digitalen Firmen, aber schneidet sich selbst vom internationalen Wissen und sogar von der technischen Entwicklung ab. Dieses Verfahren ist also recht zweischneidig. Außerdem zerschlagen sie diese digitalen Firmen in keiner Weise. Dies kann also keine Lösung sein. So wird versucht, durch Regeln die Macht und den Einfluss der großen digitalen Firmen zu mindern. Sicher ist, dass diese Firmen mit ihrer Größe auch effektiver arbeiten können. Damit sind sie gegenüber allen Einflüssen und Konkurrenten im Vorteil.

Cyberangriffe bieten guten Informations- und Lern-Stoff. Jeder neue Angriff ist andersartig. Außerdem sind diese Angriffe sehr lukrativ. So soll im Jahre 2015 Lösegeld in Höhe von 2,5 Milliarden US-$ gezahlt worden sein. Betroffen bei den Angriffen sind neben Kundendaten die firmeneigenen Entwicklungen und Erkenntnisse, die Beeinflussung der Geschäfts- und Fabrikationstätigkeit sowie die finanziellen Verhältnisse und Mitarbeiterdaten. Alles in allem versucht man daher, diese Daten möglichst in einem eigenen, abgeschlossenen System zu handeln. Da dies nicht vollständig gelingen kann, wird sich eine Tür fürs Internet einen Spalt weit öffnen und damit auch einen Eingriff der KI-F ermöglichen.

Es war nicht verwunderlich, dass die KI-F mit ihrer technischen Intelligenz die Bemühungen der Cyberkriminellen erkannte. Es durfte nicht sein, dass etwas gegen diesen Eingriff der KI-F unternommen wurde. Also fanden auch alle Stellen, die für die Beseitigung des Eingriffes der KI-F tätig waren, ihre Konten geleert vor. Alle immer mit dem Hinweis „no arms". Dementsprechend ebbten die Bemühungen immer mehr ab und das System der Ausschaltung der Waffen war weitgehend erreicht. Aber eben nur weitgehend. Denn der riesige Umfang der bestehenden Waffen musste noch vernichtet werden.

Die KI-F ist ein reines Softwareprodukt ohne jegliche eigene Hardware. Dementsprechend ist es auch nicht in irgendeiner Weise käuflich und börsenfähig. Es wird im Internet einmal eingegeben und dort verankert. Es ist mit den neusten Sicherungsmöglichkeiten gegen jedwede Beeinflussung geschützt. U. a. ist das Programm in mindestens fünf Clouds installiert. Die KI-F wird an den einzelnen Standorten laufend auf gleichem Stand gehalten. Aufgrund der Lernfähigkeit, wird das System von Tag zu Tag schlauer und immer mehr den Menschen überlegen.

Dass die KI-F Konten sperren kann, wurde schon gezeigt. Das ist also noch ein weiterer Schritt, um auch Konten zu entleeren. Auch das Gegenteil, das Führen eines Kontos wird nicht mehr unmöglich sein. Hier werden ebenfalls laufend eigene Erfahrungen gesammelt und damit Fortschritte auf dem Gebiet des Einflusses auf die Konten gemacht.

Die ersten Versuche, mit 3-D-Druckern Pistolen herzustellen, sind schon bekannt. Für die KI-F bedeutet das, aufgrund der vielen Korrespondenzen per Telefon, WhatsApp, Internet oder sonstiger Bildübertragung möglichst früh derartige Vorhaben zu erkennen und dann einzugreifen. An den einzelnen 3-D-Drucker wird man schlecht rankommen, daher sind eher die Versuche mit den Druckerzeugnissen erfolgreich. Auch hier wird der Geldfluss zum Erfolg führen. Problematisch bleibt dabei, dass solche Waffen besonders für die Unterwelt und für Terroristen von Interesse sind. In diesem Milieu sind Bezahlmethoden recht verschlungen und damit schlechter zu beeinflussen.

Bei Drohnen ist oft nicht zwischen Spielzeug, kommerzieller Anwendung, Überwachungssystem oder Waffe zu unterscheiden. Allein die Größe hilft hier nicht. So wird aus den USA berichtet, dass Drohnen mit nur wenigen Kilogramm Gewicht als Waffe erprobt werden, die mit einer KI ausgerüstet sind und als Rudel angreifen sollen. Da diese Geräte jedoch unter militärischer Aufsicht sind, könnten sie wie das übrige Rüstungsmaterial außer Gefecht gesetzt werden.

Anders sieht es bei Satelliten aus. Auch hier ist die Grenze von kommerziellem, wissenschaftlichem oder militärischem Einsatz fließend. Nur die Kommandozentralen können einen Hinweis auf die Verwendung geben. Dort wird also von der KI-F zuerst etwas zu arrangieren sein.

Bei Cyberattacken kann einiges angestellt werden. So kann man, wie es die KI-F exerziert, Angriffe auf Militäranlagen starten. Auch Eingriffe in das öffentliche Leben können einem Feind zusetzen. Da es sich dabei um virtuelle, rein datentechnische Angriffe handelt, greift die KI-F hier direkt ein. Die verursachenden Programme und Algorithmen werden gestört bzw. zerstört. Somit ist auch digitalen, neuartigen und intelligenten Waffentechnologien ein Riegel vorgeschoben. Dabei wirken sich natürlich auch die Mannschaftsentlassungen aus. Trotz aller Automatisierung und des KI-Einsatzes ist eine menschliche Steuerung und Befehlsgabe unumgänglich. Das heißt, wenn der Mensch nicht mehr zur Verfügung steht, sind diese Systeme nicht arbeitsfähig.

Bisher ging es um die Herstellung von Waffen, die mit den beschriebenen Maßnahmen weitgehend unterbunden wird. Alle bereits vorhandenen und verbreiteten Waffen sind ein weiteres Problem. Dazu gehören auch gemeingefährliche, verheerende Waffensysteme wie Flugzeugträger und Raketen mit oder ohne Atomsprengkopf. Aber auch hier fruchten die Maßnahmen. So wird über kurz oder lang keine Munition mehr zur Verfügung stehen, da die entsprechenden Fabriken nicht mehr arbeiten.

Wir steuern durch die Digitalisierung auf automatisierte Kriege zu. Wie beim selbstfahrenden Auto, sollen Drohnen nach Zielvorgabe selbstständig handeln. Auch diese Art von Kämpfen muss die KI-F unterbinden. Da hier noch eine Steuerungszentrale notwendig ist und Soldaten arbeiten, kann über den Sold Einfluss genommen werden. Die weitere Entwicklung lässt aber eine baldige Steuerung vom Schreibtisch aus möglich erscheinen. Die Technik dazu ist bereits vorhanden, z. B. zeigt uns Alexa, wie so etwas gehen kann. Also muss die Bekämpfung der Drohnen bereits bei der Herstellung erfolgen. Eine Eingriffsmöglichkeit könnte auch hier bei der Bezahlung sein. Dabei besteht die Schwierigkeit, Drohnen mit zivilen Aufgaben von militärischen zu unterscheiden. Das Kriterium könnte die Ausstattung mit Kampfmitteln sein, wobei eine mögliche spätere Ausrüstung zu beachten ist.

WAFFEN VERNICHTEN

Anders sieht es bei Kriegsschiffen aus, die mit Atomantrieb versehen sind. Bei diesen wirkt sich ein Ausfall eines Energieträgers, wie des Öls, nur gering aus. Ihre Infrastruktur, das gesamte Stromnetz, bleibt weiter intakt. Auch die Antriebe werden weiterhin gut durch den Atomstrom versorgt. Hier können der allgemeine Verschleiß und der Ausfall der notwendigen Wartung für eine Stilllegung sorgen. Viele Aggregate bedürfen einer lückenlosen Wartung. Fällt diese aus, werden die Aggregate unbrauchbar. Das alles bewirkt aber nicht die Vernichtung eines Flugzeugträgers. Hier sind andere Mittel erforderlich. Auf Sabotage allein kann man sich nicht verlassen. So muss geklärt werden, wie man eine Zerstörung einleiten kann. Da auch auf Flugzeugträgern eine drahtlose Steuerung der einzelnen Geräte und Einrichtungen erfolgt, könnte hier die KI-F eingreifen. Die meisten Fernsteuerungen arbeiten drahtlos. Hier lassen sich Wege finden, wie man über den allgemeinen Funk und Internetverkehr die internen Steuerungsmöglichkeiten doch noch beeinflussen kann.

Bei Raketen ist nicht anders zu verfahren. Auch hier lassen sich Fernsteuerungen im gewissen Maße manipulieren. Allgemein gilt, dass über die Einrichtung des jeweiligen „roten Knopfes" ein Eingriff möglich sein könnte. So besteht bei vielen der Systeme eine direkte Steuerung durch die Machthaber. So können Raketen auf besondere feindliche Ziele vorprogrammiert sein und würden im Bedarfsfall diese direkt angreifen. Da muss nur das Ziel verändert werden und dann der Startbefehl erfolgen.

Die KI-F hatte als Ziel eine gering bewohnte Insel im Pazifik vorgesehen. Die dortige Bevölkerung wurde aufgefordert, die Insel innerhalb von 24 Stunden zu verlassen, um dem Tod zu entgehen. Nach weiteren 24 Stunden erfolgte dann der Angriff der vorprogrammierten Raketen. Die Atomraketen aus den verschiedenen Ländern schlugen im Sekundentakt auf dieser Insel ein. Das Ganze war ein teuflisches Ereignis. Ein über 10 km entferntes Schiff wurde zwar von den radioaktiven Strahlen geringfügig getroffen, konnte aber eindrucksvolle Fotos und Videos aufnehmen.

Die Raketen mit Atomsprengköpfen kamen aus den verschiedensten Weltteilen und waren damit alle innerhalb weniger Stunden vernichtet. Weitere Raketen konnten bereits in ihren Depots unschädlich gemacht werden. Dies war dann möglich, wenn entsprechende technische Manipulierungen über die Fernsteuerung aktiviert werden konnten. Sie blieben dann als untaugliche Geräte im Depot. Für viele andere Kriegsgeräte ergab sich die Zerstörung dadurch, dass sie von ihrer Energieversorgung abgeschnitten wurden. In vielen Fällen führten Versuche und Spielereien mit diesen Kampfmitteln zu ihrer Unschädlichkeit.

Da die Wochenfrist für die Vernichtung der Atomraketen nicht eingehalten wurde, wurden zehn Atomraketen aus den USA in ihre Atomdepots geschickt und nicht nur die entsprechenden Raketen zerstört, sondern auch die ganze Umgebung.

In vielen Fällen wurden aufgrund des Mangels an Personal nicht die notwendigen Vorkehrungen für die Einsatzfähigkeit des jeweiligen Waffensystems durchgeführt und damit deren Einsatz unmöglich gemacht. Gerade das Fehlen an Soldaten und Bedienung ließ viele Waffen zu Schrott werden. Besonders bei den Kriegsschiffen machte sich das fehlende Personal bemerkbar. Die Matrosen waren nicht bereit, ohne Sold weiter ihren Dienst zu leisten. Wichtig war auch, dass die Munitionslieferungen ausblieben.

Neben der Vernichtung vorhandener Atombomben und Waffen mussten natürlich auch die Herstellung und Entwicklung unterbunden werden. Das Problem für die KI-F war dabei, diese Entwicklung rechtzeitig zu erkennen.

Um auf die Flugzeugträger zurückzukommen: Auch diese wurden mit der Zeit nicht mehr einsatzfähig. Angefangen durch den fehlenden Treibstoff aufgrund der Zahlungsunfähigkeit, wurden diese Schiffe bald nicht mehr fahrbar. Anfangs half noch die Strom-Notversorgung, aber mit der Zeit drohte dennochauch der Treibstofftod. Damit waren die Flugzeugträger ohne elektrische Versorgung und ihrem Schicksal überlassen. In wieweit dieser Zustand möglich war, hing von verschiedenen technischen Einrichtungen ab. Je nachdem, ob bei Stromausfall Sicherungsmaßnahmen versagten und damit eine Selbstzerstörung einleitete oder ein Wassereinbruch erfolgte und damit das Sinken verursachte, erfolgte die Vernichtung. So ein Wassereinbruch konnte durch Sabotage der Mannschaft verursacht sein.

Die einzige Information zu den unbekannten Überweisungen war: „No arms!" Unter diesem Motto, keine Waffen, wurden nicht nur die nationalen Waffenschmieden, sondern weltweit alle derartigen Fabriken finanziell lahmgelegt. Ohne dass irgendein Mensch eingegriffen hatte, hörte die Produktion nicht nur der Rüstungsindustrie, sondern der gesamten Waffenindustrie auf. Die Aufregung in allen Regierungen kann man sich vorstellen. Alle Bemühungen, die finanzielle Seite wieder in Gang zu bringen, scheiterten. Die KI-F erweiterte ihre Aktivitäten auch in der Hinsicht, dass Politiker oder Geldgeber, die für die Rüstung aktiv waren, ihrer finanziellen Mittel beraubt wurden. Dies traf besonders die autoritär handelnden Präsidenten und Diktatoren. Die Machthaber mit großem, finanziellem Polster waren besonders davon betroffen. Diese sahen nicht ein, keine militärische Macht mehr zu haben. Daher versuchten sie, mit ihrem Geldvermögen in die Bresche zu springen. Da aber dieses Vermögen rasant – und zwar ohne ihr Zutun – abnahm, wurden sie sehr schnell arm. Die Aktivitäten der Geldgeber lagen damit brach. Ohne körperlich real vor Ort zu sein, wurden alle Arbeitsanleitungen und Anweisungen so manipuliert, dass der Erfolg der Produktion katastrophal war und statt Waffen nur Bauteile gefertigt wurden. Dabei war jedes Eingreifen durch den Menschen fast unmöglich, da auch dessen Eingriffe durch das Internet und damit durch die Hände dieses beherrschenden Systems gingen und nicht wirksam wurden.

In diktatorisch geführten Staaten war das Militär nicht so leicht zu entfernen. Dort mussten also andere Schritte erfolgen. Hier wirkte sich die Fernsteuerung als die Achillesferse aus. Gerade der hohen Automatisierungsgrad wurde hier genutzt. Da in jedem Falle ein weltweites Militarisierungsverbot notwendig war, mussten alle Maßnahmen nicht nur koordiniert eingeleitet, sondern auch durchgeführt werden. Wären einzelne Staaten nicht von diesen Maßnahmen betroffen gewesen, hätte dies verheerende Folgen gehabt, denn dann wären diese in der Lage gewesen, die Welt zu beherrschen. Aber das war ja gerade die Zielsetzung: Militärische Stärke sollte nicht mehr zu Eroberung und Machterweiterung dienen.

Bei Raketen mit Atomsprengköpfen, die auf bestimmte Ziele der angeblichen Feinde vorprogrammiert waren, musste die KI-F die Zielrichtung der Raketen ändern: Einen besonderen Effekt hatte das eigene Ziel, also die eigene Abschussadresse. Damit wurden auch die weiteren, ebenfalls dort deponierten Raketen mit vernichtet. Wichtig war, dass diese Aktion dann stattfand, wenn keine oder nur ganz wenige Menschen mit betroffen waren. Dieses Verfahren ließ sich auch für andere Depots einsetzen, sofern eine Fernsteuerung über das Internet benutzt wurde. Da jedoch fast alle Steuerungssysteme für den Informationsaustausch einen Zugang zum Internet hatten, konnte das System auch dort eingreifen. So mussten bei den Militärstützpunkten und -einrichtungen entsprechend Steuerungsbefehle manipuliert werden, um die Waffen zu vernichten. Dies war auch bei Flughäfen des Militärs ein mögliches Verfahren, um die Flugzeuge fluguntauglich zu machen. Zum Beispiel wurden die Maschinen mit Öl statt Kerosin betankt, womit die Flugmotoren unbrauchbar gemacht wurden.

Fast alle Regierungen und Staaten suchten nach neuen Finanzierungsmöglichkeiten für das Militär und wollten das Handeln der KI-F unterbinden. Trotz aller Bemühungen hatte sich hier aber die künstliche Intelligenz als überlegen herausgestellt. Die KI-F war mit dem Internet verstrickt, ganz eingesetzt. Ursprünglich war das System auf den Erfahrungen der digitalen

Währungen kontinuierlich fünffach im Netz vorhanden. Aufgrund der Lernfähigkeit und der damit angebotenen möglichen Anpassung an andere Verhältnisse war die Vernetzung erheblich vorangeschritten. Bereits bei der Einführung wurde so viel Erfahrung gesammelt, dass eine Absicherung des Systems laufend erfolgte. Die einzigen Begrenzungen waren die moralischen Vorgaben und Gebote, die das System einhalten musste. Dies erforderte auch Konsequenzen.

Das Problem für alle, die das System abschaffen wollten, war, dass damit das Internet selbst neu geschaffen werden musste. Allein die Ansätze dazu würden nicht verborgen bleiben und die KI-F könnte dann selbst Schlüsse ziehen, wie es gegebenenfalls auf ein anderes System von Internet übersiedeln könnte. Da das Internet ein wesentlicher Bestandteil aller digitalen Einrichtungen des täglichen Lebens und der Abwicklung der Geschäfte der Welt ist, würde mit der Abschaffung und Neugestaltung ein großes Problem entstehen. Alternativ gab es nur die Möglichkeit, ein ganz neues, weltweites Zahlungssystem mit einer anderen drahtlosen Übertragung zu errichten. So versuchte man Satelliten zu benutzen. Doch auch hier hatte man nicht mit den Fähigkeiten der KI gerechnet.

Die Eingriffe in die Finanzierung der Rüstung und des Militärs versuchte China mit allen Mitteln zu eliminieren. Aber auch alle Versuche der Computerspezialisten konnten dieses Problems nicht Herr werden. So wurde dann rigoros angeordnet, das Internet in China zu sperren. Damit wurde in Kauf genommen, dass die gesamte Wirtschaft und auch das übrige Handelssystem stark behindert wurden. Damit wurde also erreicht, dass die KI-F nicht mehr direkt aktiv werden konnte und das ganze Kampfarsenal voll in Betrieb blieb. Das konnte die KI-F natürlich nicht akzeptieren. Daher wurden ganz andere Maßnahmen eingeleitet. Sämtliche chinesische Bankkonten weltweit wurden vollständig geleert. Dies galt nicht nur für die offiziellen staatlichen Bankguthaben, sondern auch für alle übrigen chinesischen Bargeldguthaben. Alle Überweisungen nach China wurden blockiert und der Betrag zum Verteilen dieser Geldmittel genutzt. Die Empörung der chinesischen Firmen und sonstigen chinesischen Bankkunden kann man sich vorstellen. Doch die Regierung ließ sich davon nicht beeinflussen und blieb bei der Sperrung des Internets. Außerdem wurden, wo immer es auch möglich war, Sendungen aus China umgeleitet. Lieferungen für Deutschland wurden zum Beispiel nach Lissabon geschickt. Eine Sendung nach Kapstadt landete auf Madeira. Zusätzlich wurden alle Nachrichtenverbindungen von und nach China unterbrochen. Nur noch Kabelverbindungen konnten genutzt werden. Im Prinzip war damit erreicht, dass China von der übrigen Welt abgeschnitten war und sämtliche Aktivitäten, sowohl politisch als auch wirtschaftlich fast unmöglich wurden.

Den chinesischen Botschaften schickte die KI-F die Nachricht, solange das Internet in ihrem Lande gesperrt sei, würden die eingeleiteten Schritte zur Isolierung Chinas weiterhin bestehen bleiben. Die chinesische Regierung versuchte, durch verschiedenste Maßnahmen mit dieser neuen Situation zurechtzukommen. Da sich aber ein wirtschaftliches Chaos abzeichnete, beziehungsweise zum Teil schon eingetroffen war, gab man schließlich nach und ließ das Internet in China wieder zu. Damit wurden aber die Eingriffe in die Sperrung der Geldmittel im Rüstungsbereich und Militär wieder wirksam. Da die übrige Welt bereits total abgerüstet war, wurde es auch höchste Zeit, dass China diesem Beispiel folgte. Weil auch sämtliche Privatkonten geleert waren, wurde dies zu einem erheblichen Problem für die Regierung. Sie hatte die Abschaltung des Internets angeordnet und die „Strafmaßnahme" war ja auch dann das Einziehen der privaten Gelder gewesen. Hier zeichnete sich noch keine Lösung ab!
 Die Sperrung des Internets hatte noch lange Folgen. So waren manche Verträge nicht zum Tragen gekommen. Viele Kauf- und Lieferverträge waren während dieses Ausfalls des Internets mit anderen Firmen abgeschlossen worden und damit der chinesischen Wirtschaft entgangen. Zudem waren diese Ersatzfirmen vielfach neue Stammkunden geworden. Ein weiterer Nebeneffekt

war auch, dass diese Folgen eines Ausfalls des gesamten Internetverkehrs eine Warnung für die anderen Staaten war. Denn eine solche Reaktion hatte man nicht erwartet und wollte man auch nicht selbst erleben. Für die globalen Digitalfirmen wie Amazon, Apple usw. war dieses Ereignis aber eine Beruhigung für ihre Arbeiten im Internet. Und auch für die KI-F, da alles so gut ausgegangen war.

Für die KI-F war es wichtig, Verschlüsselungen aufzulösen, um etwa Überweisungen und auch Nachrichten entziffern zu können. Daher wurde versucht, diese Absicherungen möglichst perfekt zu gestalten. Neben Verfahren, bei denen Sender und Empfänger mit dem gleichen Schlüssel arbeiteten, konnte die verschlüsselte Nachricht auch vom Empfänger gelesen werden. Die bisherigen Verfahren waren alle mit großer Rechnerleistung rekonstruierbar. Neue Systeme arbeiteten mit quantenmechanischen Effekten, hatten eine wesentlich höhere Rechenleistung und waren auch noch schneller. Mit diesen Computern waren Verschlüsselungen spielend leicht aufzulösen. Schon in einem Bericht der NZZ vom 16.09.2020 war zu lesen: „Die Computer der Zukunft reißen gängige Schutzwälle ein".

Wir kämpfen gegen Fake News, um die Wahrheit zu ergründen. Wenn jetzt durch die KI-F für den Menschen die „wirkliche" Wahrheit nicht mehr mithilfe der Datennetze erkannt werden kann, wird ein effektives Handeln für den Menschen fast unmöglich. Seine Erkenntnisse und Schlüsse werden dann immer fragwürdiger oder sogar falsch. Wie gesagt, die erfassbaren Daten lassen sich dann nur noch manipuliert abfragen. Hinzu kommt, dass dann sogar ein Reagieren auf dieses Datennetz der KI-F fast unmöglich wird. So ist z. B. beim System von Bitcoin ein Manipulieren nicht mehr machbar.

Nicht nur fürs Autofahren sind Grundsätze erforderlich. Selbstständigen Systemen mit der KI sind Grundsätze und die Richtung vorzugeben, andernfalls würde so ein selbstständig handelndes System in die Irre gehen. Das bedeutet, es sind Regeln zu setzen. Auch muss vermieden werden, dass ein Gegner oder eine Gegenposition das System auf eine falsche Fährte setzt, also sogenannte Fake-Informationen Einfluss nehmen könnten und damit total falsche Reaktionen erfolgen.

Damit die Reaktionen der KI-F nicht uferlos wurden, war also eine grundsätzliche Begrenzung notwendig. In Europa und Amerika hat die Lehre des Christentums Fuß gefasst. Die dortigen Moralvorstellungen und das Leben richten sich weitestgehend danach. So könnte dieses Regelwerk auch die Grundlage für die Handlungsweise der KI-F sein. Wie weit man diese Grundlage für die Programme festlegt, sei noch dahingestellt. Wesentlich ist aber, dass einer vollkommenen Willkür Grenzen gesetzt werden. Dabei ist nicht absehbar, auf welche Gedanken und Möglichkeiten so ein mechanisches, intelligentes Gebilde kommen kann. In dieser Hinsicht ist die Aufgabe für die Erstellung eines Grundsatzes äußerst schwierig. Die Begrenzung muss grundsätzlich und generell gegeben sein. Dabei muss unserem Willen und Trieb nach Nahrung und Schutz vor Gefahren sowie zur Vermeidung von Schmerzen Rechnung getragen werden. So ein System bzw. so ein Grundsatz muss bereits im Betriebssystem verankert sein, damit es nicht durch Benutzung geändert werden kann.

Die künstliche Intelligenz soll das Denken des Menschen nachbilden beziehungsweise übertreffen. Hierzu dienen verschiedenste Programme, die letztlich zu Entscheidungen führen. Diese Algorithmen sollen Ereignisse und Tatsachen erkennen. Dazu wandeln Geräte und Einrichtungen Bilder, Töne, Strahlungen und andere Messwerte in Daten um, die der Computer verwerten kann – so, wie es ein Smartphone bekannterweise macht, um Sprache, Bilder und andere Merkmale zu erfassen. Die Masse dieser Informationen muss sortiert und dann analysiert werden. Ein weiterer Algorithmus führt die Beurteilung durch. Zum Schluss ist das Ergebnis eine Aktion, die zum Entscheidungsvorgang führt.

Erfasste Texte werden zu Sprache, die dann ausgegeben wird. Andererseits kann Sprache so bearbeitet werden, dass sie in einer anderen Sprache wiedergegeben wird. Natürlich ist auch eine

Umformung der Sprache in Text eine Alternative. Bei erfassten Bildern dienen Algorithmen dazu, Personen zu identifizieren. Bei der Passkontrolle wird dies schon angewendet. Eine Face-App dient dazu, Gesichter oder Figuren zu verändern, z. B. einem Gesicht Falten zuzufügen, um es älter erscheinen zu lassen. Genau das Gegenteil ist natürlich auch möglich, alle Altersmerkmale werden beseitigt und ein jugendliches Gesicht entsteht. Ein ähnliches Verfahren wird bereits bei Zeugenvernehmungen berücksichtigt: Aufgrund weniger Erkennungsmerkmale wird ein Phantombild erstellt, das dem Gesuchten möglichst genau entspricht. Ein weiteres Gebiet der KI ist das Ermitteln des Sinnes und der Bedeutung von Worten und Texten. Erst daraus können dann mehr oder weniger fundierte Schlüsse gezogen werden. Letztendlich soll das künstliche Denken zu einem künstlichen Leben entwickelt werden. Das amerikanische Forschungsunternehmen Open AI hat mit dem System das Programm ChatGPT erstellt und veröffentlicht. ChatGPT ist in der Lage, mit Vorgabe von nur ein paar Worten zusammenhängende Texte zu erstellen. Diese sind anerkannt, fundiert und mit passenden Zitaten versehen.

Ohne Sprache erkennt man keine Gedanken, Meinungen, Empfindungen usw. anderer Menschen. Die Verständigung unter den Menschen erfolgt durch Sprache oder eine andere Ausdrucksweise. Ein Ausweg ohne Sprache wäre die Zeichensprache, die vielleicht sogar der Anfang war. Nach den Zeichen kamen wahrscheinlich Laute und Töne. Diese konnten variiert und zu Worten und Sätzen kombiniert werden. Damit ließen sich nicht nur Erkenntnisse und Empfindungen ausdrücken, sondern auch Gedanken. Die KI-F hat kein besonderes Interesse daran, mit den Menschen direkt zu korrespondieren, sie erzielt ihre Auswirkungen digital. Anders ist es, wenn die KI-F direkt auftritt. Dann wird sie sich vielleicht ihre Ziele und Verfahren aussuchen, dies aber alles im Datennetz.

WEITERE AUFGABENGEBIETE FÜR DIE KI-F

Nachdem eine Entmilitarisierung weitgehend erreicht war, nahm sich die KI-F ein weiteres Aufgabengebiet vor. Es ging darum, der Habgier, dem Neid und der Machtsucht – also nicht erwünschten Kategorien menschlicher Handlungen – entgegenzuwirken. Daraus hat sich die Kluft zwischen Arm und Reich ergeben. Der Sozialismus versucht in dieser Hinsicht schon mit mehr oder weniger Erfolg einzugreifen. Für die Armen ist sicher etwas erfolgt, aber für die Wohlhabenden gibt es keine Grenzen. Hier handelt also die KI-F. Das ist zwar nur eine kleine Umverteilung, aber ein Anfang.

Für die neuen Aufgabengebiete mussten Listen von Personen, die durch Kriege und Kämpfe, durch Armut oder durch Umweltschäden betroffen waren, angefertigt werden. Für die Betroffenen, denen Geldmittel nicht direkt überwiesen werden konnten, mussten weltweit Musterlösungen gefunden werden. Gerade in Entwicklungsländern war die Anzahl der Betroffenen zwar besonders groß, aber viele hatten keine Sparkassen- oder Bankkonten. Darum war es nötig, Wege zu suchen, wie hier Geldmittel überwiesen werden konnten. In manchen Gebieten boten sich vorhandene Hilfsorganisationen dazu an. Diese konnten z. B. die erforderlichen Fahrzeuge und Lebensmittel bezahlen und damit den Betroffenen direkt helfen.

In anderen Fällen, wie in den Katastrophengebieten von Nepal, wurden die notwendigen Hilfsgüter bestellt, bezahlt und dann direkt zu den Einsatzorten gebracht. Dies war eigentlich der Weg, den Hilfsgüter in so einem Land üblicherweise nehmen. Bisher kamen solche Lieferungen nur unvollständig bei den Empfängern an oder sie waren mit Abgaben verbunden, die in dunklen Kanälen verschwanden. Normalerweise versuchen staatliche Stellen Kapital daraus zu schlagen, anstatt die Betroffenen zu bezahlen. In diesem Fall war die KI-F natürlich in der Lage, die unrechtmäßigen Einnahmen direkt von den Konten der Betrüger abzubuchen. Es wurde sogar der doppelte Betrag abgebucht, sodass zusätzliche Güter an die Betroffenen geliefert werden konnten.

So mussten für die verschiedenen Länder der Welt entsprechende Maßnahmen kreiert und vorbereitet werden. Erst im Anschluss daran konnten sie eingeführt werden, da die KI-F selbst keinerlei Kapital horten wollte. Die Entschädigungssummen wurden den örtlichen Verhältnissen angepasst und waren daher weltweit unterschiedlich. Wurde zum Beispiel in Deutschland ein Betrag von einem Konto abgezogen, wurde dieser Betrag nicht im eigenen Land, sondern an anderer Stelle der Erde – gegebenenfalls in kleinen Portionen – den Betroffenen gutgeschrieben. Auf diese Weise war gleichzeitig jede Nachforschung fast unmöglich. Parallel zu den Geldüberweisungen erschienen entsprechende News im Internet. Es wurden dort Gründe und Hinweise publiziert. Besonders hervorgehoben wurden Unregelmäßigkeiten.

Das Internet ist eine Fundgrube für die verschiedensten Interessen, sicher sind auch viele üble dabei. Hier bieten sich jedoch auch für die KI-F viele Ansätze, um ihre Interessen zu vertreten. Es lassen sich damit auch viele Menschen erreichen, etwa jene ohne Konto. Man kann ihnen mitteilen, worum es geht und worauf sie achten sollen. Ein wesentlicher Punkt dabei ist jedoch, dass das Internet immer neue Möglichkeiten schafft. Auf diese muss die KI-F achten und daraus lernen. Dieses Lernen bedeutet aber auch, dass sich das System KI-F laufend verändert und immer mehr vom ursprünglichen Zustand entfernt.

HABGIER UND MACHTSUCHT

Will man mit Habgier und Machtsucht fertig werden, muss man eine gewisse Richtschnur haben. Hier ließ sich ein Zusammenhang mit den zehn Geboten herstellen. Es sind die Gebote 7-10. Dabei gehört eigentlich das achte Gebot, „Du sollst kein falsch Zeugnis reden gegen deinen Nächsten", zu jenem über das Töten. So wie das Verwunden und Beschädigen eines Menschen gehört auch das Beschädigen des Rufes und Ansehens einer Person gewissermaßen zum Verbot des Tötens. Gerade durch böse Nachreden und Lügen, die Fake News. Das kann dazu führen, dass jemand aufgrund von Verleumdung indirekt getötet wird. Leider ist das in der Politik nicht ungewöhnlich, so beseitigt man auf diese Art einen politischen Gegner. Das hat oft sogar für den Betroffenen zur Folge, dass er nirgends wieder richtig Fuß fassen kann. Auch dies könnte noch ein Gebiet für die KI-F werden.

Das Verlangen nach den Gütern anderer muss weitestgehend eingedämmt werden. Hier hat die KI-F noch kein schlüssiges Rezept. Es könnte erst eingegriffen werden, wenn entsprechende Handlungen vollzogen wurden. Das neunte und das zehnte Gebot betreffen dies (9. „Du sollst nicht begehren deines Nächsten Haus", 10. „Du sollst nicht begehren deines Nächsten Weib, Knecht, Magd, Vieh und allem was dein Nächster hat"). Bei den Muslimen ist es in der Hinsicht geregelt, dass sie ihre Frauen als ihr „wertvollstes Gut" verhüllen. Damit entziehen sie diese den lüsternen Blicken der Männer.

Nachdem man eingreifen kann, nimmt man die entsprechenden Gebote als Grundlage, so sind sogar allein die Gelüste und der Neid mit in diese Überlegungen einzubeziehen. Welche Macht soll einem Menschen zustehen? Soll er über Tod und Leben selbstständig entscheiden können? Soll es eine Begrenzung des Einkommens und des Vermögens geben? Das sind alles wesentliche Entscheidungen, Festlegungen, nach denen die KI-F verfahren müsste. Nur wenn dort gewisse Regeln und Grenzen gesetzt sind, lässt sich handeln.

Sicher sind Kriege ein Übel, das weltweit verurteilt wird. Das fünfte Gebot, „Du sollst nicht töten", hat schon seine Berechtigung. Wir dagegen forcieren sogar das Töten dadurch, dass wir Militär und Waffen unermüdlich weiter aufbauen.

Ein weiteres Übel ist aber auch die Kluft zwischen Reich und Arm. Einerseits wird der Luxus bis ins Extreme getrieben. Andererseits bringt der geringe Lohn für die dauernde, unermüdliche Arbeit so wenig ein, dass man die Kinder mit arbeiten lassen muss.

Teilweise wird Geld sehr schnell verdient. Sicher, ein Fußballspieler muss schon eine gewisse körperliche und auch geistige Leistung aufweisen, um seine Millionen zu verdienen. Anders sieht es aber etwa bei der jungen Milliardärin Kylie Jenner, Jahrgang 1997, aus: TV-Star und Unternehmerin, hat sie ihr Milliardenvermögen über Auftritte im Internet und den Verkauf, einschließlich Vertrieb, u. a. von Lippenstiften erwirtschaftet. Sicher sind in Einzelfällen nicht nur durch glückliche Umstände, sondern durch spektakuläre Ideen, riesige Erfolge erreichbar, doch sollten diese nicht als allgemeine Richtschnur dienen. Ein anderes Beispiel ist Jeff Bezos, Gründer und Chef von Amazon. Er verfügte im März 2019 über ein Vermögen von sage und schreibe 131 Mrd. US-$.

Noch ist der Mensch beim Datenwirtschaften nicht ganz draußen. Zwar lässt sich mit KI viel erreichen, aber auch diese stößt an Grenzen. So sollte zum Beispiel Facebook alle Videoaufnahmen von Gewalt löschen. Der künstlichen Intelligenz diese Vorgabe einzugeben, war zu jener Zeit nicht realisierbar. Also mussten doch wieder Menschen diese verlangte Auswahl treffen. Dazu wurden kostengünstig Menschen aus Indonesien und den Philippinen eingesetzt. Nur so ließ sich die Auflage erfüllen.

MINDESTLOHN UND MAXIMALEINKOMMEN

Wo liegt die Grenze des Einkommens eines Menschen? Darf er maximal nur das Zehnfache oder das Tausendfache des Mindestlohns erhalten? Oder soll es das Millionenfache sein, über welches heute die Milliardäre verfügen? Ist die Tätigkeit eines Managers, eines Sportlers, eines Politikers so unermesslich wertvoll, dass horrende Gehälter oder Einkommen gerechtfertigt sind? Ist der Manager einer Firma wirklich das Millionenfache wert wie sein Mitarbeiter, der den niedrigsten Lohn hat? Wenn eine Hilfskraft 500 € im Monat bekommt, nicht verdient, darf dann sein Arbeitgeber wirklich 5 Millionen € einstecken? Ein Richtwert könnte die 1.000 sein. Dann wäre aber bereits ein Jahreseinkommen von 6 Millionen € erreicht. Da dies doch überzogen erscheint, reichte wohl das Hundertfache des geringsten Lohnes voll aus. Im vorliegenden Falle wäre dann das höchste Salär 600.000 € im Jahr. Bei dieser Rechnung müsste ein Chef nur dafür sorgen, dass das niedrigste Gehalt zum Beispiel bei 1.500 € im Monat liegt – und schon dürfte er selbst 1,8 Millionen € im Jahr kassieren.

Doch scheint es nicht ganz das Richtige, den Mindestlohn in einer Firma zur Bezugsgröße zu machen. Sinnvoller ist es, einen maximalen Jahresverdienst festzulegen. Dieser sollte bei 1 Million € liegen. Dabei wären nicht nur Gehalt und Tantiemen zu berücksichtigen, sondern auch alle übrigen steuerpflichtigen Einnahmen. Dazu gehören Dividenden, Zinsen, Mieten, Kapitalgewinne usw. Für die KI-F ist es uninteressant, wie und wie viel an Steuern erfasst werden. Hier werden nur die brutto anfallenden Einnahmen berücksichtigt. Interessant ist auch, dass nicht der Verdienst innerhalb eines Landes, sondern der weltweite zur Grundlage genommen wird. Damit entfallen auch alle bei den Steuern üblichen Tricks, Gewinne von einem Land in ein anderes zu verschieben. Außerdem wird alles auf eine Bezugswährung wie den US-Dollar oder den Euro umgerechnet.

Bei den Vermögenswerten gibt es schon wieder ein Problem: Wie ist eine Aktie, die ständigen Kursschwankungen unterworfen ist, zu bewerten? Dieselbe Frage gilt auch für Immobilien. Diese sind zum Teil billig erstellt oder erworben worden und werden später mit großem Gewinn veräußert. Im deutschen Steuerrecht werden nur die realisierten Kursgewinne und Verluste berücksichtigt. Dieses Verfahren könnte auch weltweit anwendbar sein. Beim Verkauf einer Aktie werden also die erreichten Erlöse direkt bei der Millionen-Euro-Grenze für dieses Einkommen berücksichtigt. Dies kann im gegebenen Fall dazu führen, dass der gesamte Jahresverdienst zu hoch ist.

Sicher verlangen Millionäre und erst recht Milliardäre für sich ein Luxusleben mit vielen Annehmlichkeiten. So erwarten sie etwa eine Villa mit Park, einen zweiten luxuriösen Wohnsitz und auch eine Jacht oder Ähnliches. Personal darf ebenso nicht fehlen. Wie könnte also deren Finanzierung aussehen? Hier eine „Milchmädchenrechnung" auf Grundlage des Jahreseinkommens von 1.000.000 €:

200.000.€	Villen, Unterhaltung
300.000 €	Sekretärin, Fahrer, Hausdame, ...
100.000 €	Gesundheit, Krankenkasse
350.000 €	Tagesgeld à 1.000 €
50.000 €	Sonstiges

Da könnte man schon luxuriös leben, ohne einen Cent umdrehen zu müssen.

Schulden sind ein besonderes Kapitel. Prinzipiell handelt es sich dabei um vorweggenommene Gewinne. Man will mit diesem Geld etwas sofort erreichen und nicht abwarten, bis man es selbst verdient hat. Einerseits werden Schulden gemacht, um Verbrauchsmittel zu erwerben. So werden Kredite für Gas, Öl oder auch PKW genommen. Andererseits werden Schulden gemacht, um Anlagen zu erwerben, z. B. Häuser, Anteile an Gesellschaften oder Aktien. In beiden Fällen reagiert die KI-F unterschiedlich. Alle Aufwendungen für die Verbrauchsschulden, Zinsen, Tilgungen oder Rückzahlungen sind vom Einkommen zu bezahlen. Sie werden also die Summe von einer Million reduzieren. Anders sieht es bei den Aufwendungen für die Anlagenschulden aus. Dabei hat der Aufwand für die Objekte keinerlei Einfluss auf die Einkommensgrenze. Hier wird die KI-F erst aktiv, wenn Erlöse, Zinsen, Dividenden oder Rückzahlungen erfolgen. Diese Gewinne werden voll als Einkommen angerechnet. Damit wird gewährleistet, dass Kredite und damit Schulden gemacht werden können, um die Kapitalisierung von Industrieanlagen und sonstigen Gewerbebetrieben zu unterstützen. Da sich hier viele Möglichkeiten ergeben, um das Eingreifen der KI-F zu umgehen, zeigt sich deren Intelligenz darin, all den Schlichen nachgehen zu können. Es gibt viele Möglichkeiten, Geschäftsaktivitäten auch ohne Internet zu realisieren. Hier ist nun gefragt, wie man trotzdem an die Verheimlichung herankommt. Es zeigt sich, dass dies auch durch andere Informationen, die durch das Internet gehen, möglich ist.

Die einmal festgelegte Begrenzung des Einkommens auf 1 Million € im Jahr bezieht sich auf sämtliche Einnahmen weltweit. Dies gilt auch, wie gesagt, für Zinsen, Dividenden, Auszahlungen jeder Art usw. Die Betrachtung bezieht sich dabei auf das Bruttoeinkommen: Alle Betrachtungen eines Steueramtes bei der Steuerfestlegung sind hier für die Ermittlung des Jahreseinkommens zu manipulierbar, so dass man sich daher nur auf das Bruttoeinkommen bezieht. Beim Verkauf von Aktien, Beteiligungen, Grundstücken und Immobilien gilt diese Begrenzung auch. Alle diese Erlöse gelten als Einkommen und fallen unter die 1-Millionen-Grenze. Bei großen Objekten könnte daher sehr viel abgezogen werden. Das betrifft natürlich insbesondere Spekulationsgewinne. Die scheinbar großen Gewinne werden dann erheblich gekürzt und man hat nur sehr wenig von der Spekulation. Gerade diese nicht direkt erarbeiteten Geldmittel werden in der Öffentlichkeit beanstandet. Der eine muss stundenlang schuften, um sein tägliches Brot zu verdienen, der andere erreicht das Tausendfache durch Spekulationen vom Schreibtisch aus. Auch das Argument, bei diesen Manipulationen gehe man ein hohes Risiko ein, lassen die Riesengewinne nicht begründen. Alles was also über Bankkonten abläuft, wird kontrolliert und mitberücksichtigt.

Für die KI-F war es ein Leichtes, aufgrund der Kontenbewegungen diesen Grenzwert bei den Millionen Betroffenen herauszufinden. Erhöhte sich das Guthaben einer Person über diese Grenze, wurde der überschüssige Betrag sofort von dessen Konto abgebucht. Kamen weitere Einkommen dazu, wurden diese erst gar nicht mehr gutgeschrieben. Dabei galten die besprochenen Regeln für Aktien und Immobilienbesitz. Wichtig war in jedem Falle, dass der Reichtum eines einzelnen Menschen nicht mehr ins Unermessliche steigen konnte.

Dabei wurde bei dem System darauf geachtet, dass auch indirekte Einnahmen berücksichtigt wurden. Die KI-F hatte die Aufgabe, festzustellen, welche Tricks angewendet werden, um die Millionengrenze zu überwinden. Es ist verständlich, dass hier immer wieder neue Möglichkeiten und Wege gesucht und auch ausprobiert wurden. Es konnte nicht angehen, dass man einen Geldbetrag, den man erhalten sollte, indirekt ausgezahlt bekam. So ließe sich zum Beispiel eine Summe als Guthaben an ein Hotel überweisen, ohne dass ein Bargeldbetrag auftaucht. So ein Bonus ließe sich auch mit Flugreisen oder Lieferungen von bestimmten Waren erreichen. Die Aufgabe lautete also, diese Beträge zu kapitalisieren und dann auf die 1-Million-Einkommen anzurechnen. Bei den Betroffenen erregte es großes Erstaunen. Ganz egal, welches Einkommen erzielt wurde, was über 1 Million lag, wurde abgezogen und stand nicht mehr zur Verfügung.

Geschäfte, die über die Börse stattfanden, waren in dieser Hinsicht uninteressant. Hier und auch sonst im öffentlichen Handel wurde nichts kontrolliert. Im Prinzip waren das für diese

Untersuchungen nur Spielereien und keine Geldgeschäfte. Alles wurde erst dann interessant, wenn Geldmittel flossen. Da diese über irgendeine Bank abgewickelt wurden, standen sie für alle Recherchen der KI-F zur Verfügung. Ein nicht kapitalisiertes, also noch nicht zu Geld gemachtes Geschäft, galt als noch nicht realisiertes Geschäft. Nur liquide Mittel wurden bewertet, da diese im öffentlichen Geschäftsverkehr wirksam waren. Alles andere galt als Scheingeschäfte.

In dieser Hinsicht wurden spekulative, kurzfristige Gewinne also ganz einbezogen. Auch hier wurde nur ein Gewinn innerhalb des Einkommensgrenzwertes von 1 Million € zugelassen. Als Beispiel durfte ein Betroffener mit einem Jahreseinkommen von 500.000 € von 10 Millionen € Gewinn aus Spekulationen gerade einmal 500.000 € behalten. Damit sollte sich kurzzeitige Spekulation nicht mehr als lukrativ erweisen.

Sperriger waren schon die Fälle, wo das Guthaben nicht an oder für den Schuldner über PC bezahlt wurde, sondern an einen Dritten. Wenn dieser keine Million verdiente, fiel das eben nicht sofort auf. Hier musste nun die Intelligenz, die KI, aufgrund von Nachrichten, die über das Internet gegangen waren, rekonstruieren, ob ein Zusammenhang mit einer Geldüberweisung bestand. Die Betroffenen hatten jedoch bald raus, dass Nachrichten über das Internet „abgehört" wurden und zu dieser Maßnahme geführt hatten. So blieb nur übrig, auch die Ausgaben der Millionäre unter die Lupe zu nehmen. Wenn diese Überweisungen nicht mehr zum 1-Millionen-Einkommen passten, konnte auch hier eingegriffen werden.

Möglich war ebenfalls, statt Geld Schmuckstücke oder Sportwagen als Erlös zu erhalten. Statt einer Überweisung von 295.700 € wurde etwa ein Lamborghini-Sportwagen mit 640 PS geliefert. Überwiesen wurden nur 18.700 €, also kein Betrag, der das 1-Millionen Budget weiter kratzt. Der Millionär aber hatte auf diese Weise quasi 277.000 € erhalten. Wie jeder Verbrecher doch einen Fehler macht oder etwas übersieht, geschieht es dann auch bei solchen Betrügereien. So fiel der KI-F die E-Mail einer Reparaturwerkstatt über den Preis und den Fertigstellungstermin einer Reparatur des Lamborghini auf. Sie löste eine Untersuchung über den Kauf des Wagens aus. Daraufhin wurde durch die KI-F der Kaufpreis ermittelt und der Betrag vom Konto des Millionärs abgezogen. Gleiches verfolgte selbst dann, wenn ein Kauf schon einige Jahre zurücklag.

Die bisherigen Beispiele sollten zeigen, wohin Kapitalismus führen kann und was an Reichtum und Macht schon erreicht worden ist. Dazu ein paar Zahlen:

Ein Prozent der Bevölkerung besitzt ein Drittel des Weltvermögens. Oder anders ausgedrückt: 2.330 Millionen Menschen verfügen über 10,3 Billionen US-$ = 10.300.000.000.000 US-$.

Die Marktmacht der Tech-Firmen ist gewaltig. Allein Apple, Microsoft, Amazon, Google und Facebook hatten 2020 zusammen eine Marktkapitalisierung von ca. 8 Billionen US-$ (8.000.000.000.000 US-$).

Apple hatte am 21.08.2020 einen Börsenwert von 2.000.000.000.000 (= 2 Billionen) US-$ erreicht. Der Quartalsumsatz betrug im gleichen Jahr 111 Mrd US-$ bei einem Gewinn von 28 Mrd. US-$.

Facebook gewann in Corona-Zeiten deutlich, der höchste Umsatz lag bei 28 Mrd. US-$. Der Gewinn: 11 Mrd. $ bei 2,6 Mrd. aktiven weltweiten Nutzern. Dabei wirkten die Plattformen Instagram und WhatsApp mit.

Es gibt genug Beispiele, in welch schwindelige Höhen der Kapitalismus einzelne Firmen schleudern kann. Die damit verbundene Machtfülle ist so gigantisch wie gefährlich. Selbst ganze Staaten, besonders kleinere, können solchen Kapitalisten dann völlig hörig werden.

Nicht nur im Kapitalismus wird die Kluft zwischen Arm und Reich unverhältnismäßig groß. So steht sogar China neben Sri Lanka an der Spitze der Ungleichheit. Diese Diskrepanz ist auch der diktatorischen Regierung in China aufgefallen und zu viel.

Der Gini-Index oder -Faktor ist ein Maßstab, um die Ungleichheit oder auch die relative Konzentration jeglicher zu vergleichenden Menge zu ermitteln. Er kann sich auf die Bevölkerung, auf das Vermögen, die Rüstung, usw. beziehen. Es ist ein statistisches Maß für eine Verteilung. Der Wert kann zwischen 0-1 oder 0-100 liegen, der Wert null besagt eine gleichmäßige Verteilung.

Als Vergleich zwischen Arm und Reich zeigt der Gini-Index folgende Werte:

Japan	30
Deutschland	30
USA	35
Sri Lanka	53

Durch die Wirtschaftserleichterungen in China dürfte diese Ungleichheit wohl möglich geworden sein.

Nicht nur die Akteure des Kapitalismus, die über die Börse ihre Gewinne machten, sondern auch das Prinzip des Kapitalismus selbst wollte die KI-F beeinflussen. Alle erkennbaren Vorhaben zum Ausbau oder für Erweiterungen einer Produktion sollten nicht mehr fremdfinanziert werden. So waren entsprechende Kredite zu verhindern. Dementsprechend wurden derartige Beträge direkt von der KI-F eingezogen. Die gesamte Summe wurde an die Belegschaft verteilt, wobei jedes Belegschaftsmitglied den gleichen Betrag erhielt. Alle Spekulationen auf Gewinne bei einer erweiterten Produktion waren damit illusorisch. Gleichzeitig wurde damit ein geringerer Verbrauch an Rohstoffen erreicht.

In wieweit eine Produktionserweiterung mit dem Kredit erreicht werden sollte, bedurfte sicher einer Klärung. Oft konnten andere Gründe vorgebracht werden. So versuchte die KI-F aus Reparaturberichten und verfügbaren Informationen herauszufinden, ob es sich bei dem Vorhaben wirklich nur um einen Ersatz oder doch um einen Ausbau handelte. Leider war es nicht immer eindeutig, und der Kredit musste doch zugelassen werden. In jedem Fall wurde es komplizierter, Produktionserweiterungen zu realisieren.

Was bedeutet Wachstum? Eigentlich doch mehr Verbrauch an Material, an Rohstoffen, an Ressourcen jeglicher Art. D. h., genau das Gegenteil von einer Schonung unserer Umwelt. Deshalb sollte er vermieden werden.

Eine Erhöhung der Löhne und Gehälter führt normalerweise zu höheren Preisen, damit also zu einer effektiven Reduzierung der Lohnerhöhung. Um die Gesamtkosten einer Firma nicht zu erhöhen, muss diese mindestens Lohnerhöhungen durch eine Gehaltsreduzierung der Gutverdienenden kompensieren. Dabei könnte dieser Ausgleich je nach Höhe der Einkommen ausfallen. Gleichzeitig würde damit die Schere zwischen Arm und Reich nicht weiter aufgemacht, sondern eher geschlossen werden. (Eine soziale Aktion!)

Der Kapitalismus lebt von einer ständigen Verschuldung, die nicht getilgt werden sollte oder sogar darf. Er basiert also allein auf Krediten, die durch spätere Gewinne beglichen werden sollen. Ist die Tilgung nicht möglich, muss man einen erneuten Kredit aufnehmen, usw. Ohne eine Verschuldung würde eine Entwicklung aus eigenen Gewinnen wesentlich langsamer und auch solider verlaufen. Alle Spekulationen auf Zinsen und auf Gewinne der Firmen wären nicht mehr möglich. Damit würde auch ein überhitztes Wachstum vermieden. Nur wenn es die eigenen Mittel ermöglichen, ließe sich eine Produktion dann noch steigern.

Kapitalismus selbst ist unproduktiv. Erst wenn andere dafür arbeiten, ergibt sich ein Gewinn. Gibt man einen Gewinn sofort aus, wird Arbeit direkt belohnt und also produktiv genutzt. Dabei wird keine Kapitalwirtschaft benötigt und der Geldeinsatz ist wesentlich lukrativer, effektiver. Beim Kapitalismus kommt nur ein Teil des eingesetzten Kapitals bei der Wirtschaft/Produktion selbst an. Provisionen, Zinsen und die vielen Gehälter der für die Abwicklung Beschäftigten sind der unproduktive Teil des eingesetzten Geldes.

Der Kapitalismus selbst war somit ein dankbares Thema für die KI-F. Dessen Theorie vom notwendigen Wachstum war zu verwerfen. So wurden die Firmen gezwungen, immer mehr zu produzieren, auch wenn es nicht erforderlich war. Bei Sättigung des Marktes wurden neue Märkte gesucht. Daraufhin wurden alle Kontinente von dem Produkt überschwemmt. Da dies nicht ohne Weiteres ging, setzte man auf Werbung. Da wurde den Konsumenten dann klargemacht, wie gut und schön die Ware doch sei, und dass man sie unbedingt haben müsse. Da dies nur begrenzt möglich war, machte man mit irgendwelchen Erweiterungen und Ergänzungen erneut Reklame. Damit konnte dann wieder mehr abgesetzt werden. Dementsprechend konnte man den Umsatz steigern und ganz unnütz produzieren, da die vorhandenen Produkte zwar weiter voll benutzbar waren, aber eben unmodern. Unmassen wurden damit weggeschmissen. Aber Ressourcen waren damit unnötig vergeudet. So funktionierte es bei der Mode, genauso verfuhren aber auch andere Branchen. Man warb mit kleinen Verbesserungen oder Verschönerungen und stellte diese groß raus. Das Alte wurde damit zu Schrott.

Der künstlichen Intelligenz verdankt sich die Kryptowährung Libra von Facebook. Da diese die normalen Bankverbindungen umgeht und nur im Internet deren Verkehr abwickelt, ist sie ein Dorn im Auge der Banken und damit eine echte Konkurrenz. Auch für die Staaten entstehen dabei erhebliche Probleme. So lassen sich die finanziellen Geschäfte mit dieser Kryptowährung in keiner Weise kontrollieren. Alle Verkäufe und Käufe sind nur virtuell vorhanden und nicht, wie sonst, buchhalterisch. Damit wird es für einen Staat auch schwierig, Steuern zu erheben. Er hat für diese keine Grundlage mehr und muss bei Geschäften bislang auf Steuern verzichten. Krampfhaft wird versucht, über eine Digitalsteuer, die die GAFA-Firmen (= Google, Amazon, Facebook und Apple) betrifft, eine Abhilfe zu schaffen. Mit der Digitalsteuer lassen sich aber die Gewinne und Verluste bei den Libra-Geschäften nicht erfassen.

Um eine besitzlose Gesellschaft zu erreichen, ist Gewalt erforderlich. Keiner will sein Hab und Gut freiwillig abgeben, das führt zum Totalitarismus. Genügend Beispiele dafür zeigten uns die Geschichte. Andererseits führt auch der Kapitalismus zum Totalitarismus. Je mehr Besitz jemand erworben hat, umso größer ist sein Einfluss. Im Endeffekt gibt es nur noch wenige Kapitalisten, die unendlich viel Macht haben.

Karl Marx sah im Privateigentum die Quelle allen Übels. Sicher führt der Kapitalismus zum Neid, der Sozialismus aber zur Tatenlosigkeit. Wenn einer Geld hat, werden andere neidisch und wollen es auch haben. Die wirklichen Nutznießer sind nur wenige Kapitalisten. Da diese auch mithilfe ihres Geldes und Besitzes Macht ausüben, werden sie mit aller Gewalt diejenigen, die ihre Macht schmälern wollen, bekämpfen. Dazu sind ihnen sämtliche Mittel recht. Sie können ihre Interessen mit aller Gewalt durchsetzen und reagieren damit totalitär. Letzteres zeigt sich bei globalen Unternehmen wie Facebook und Google. Wäre beim Kapitalismus das Eigentum zu begrenzen, so beim Marxismus die Macht der Funktionäre, die die Besitzlosigkeit, eigentlich eine Armut aller, erreichen wollen. Andererseits ist in beiden Fällen zu gewährleisten, dass die Meinungsfreiheit und der Wille der Mehrheit, die Demokratie, sichergestellt bleiben.

Bäume wachsen nicht in den Himmel. Auch wirtschaftliches Wachstum kann nicht immer so weitergehen. Und die Ressourcen der Erde sind begrenzt. Wenn auch neue Techniken etwas bringen könnten, ist irgendwann doch einmal Schluss.

Der Kapitalismus hat uns zum Wohlstand verholfen, aber zudem auch zum Überfluss, zur Wegwerfgesellschaft, zur Unzufriedenheit (wir sollen immer mehr haben wollen und immer moderner sein), zur maßlosen Werbung, auch zu weit überzogenen Gewinnen und zum totalen Verbrauch der Ressourcen, also letztendlich in den Abgrund. In Krisenzeiten und in Aufbauphasen kann der Kapitalismus gegebenenfalls förderlich sein, aber anschließend nur noch sehr begrenzt. Wenn ein Mangel überwunden ist und auch keine wesentlichen Neuerungen für alt gewordene Einrichtungen und Geräte anstehen, könnte man zufrieden mit dem Erreichten leben. Dann gilt es, dies alles zu nutzen und zu genießen. Anfallende Reparaturen sind durchzuführen. Für Letzteres ist heute meist nicht einmal mehr die Möglichkeit vorgesehen. Ersatzteile werden nicht geliefert und kaputte Teile, die geschweißt oder geklebt sind, lassen sich nicht wechseln. Anders sähe es aus, wenn diese verschraubt oder gelötet wären. Vieles, was zur Rationalisierung der Fertigung dient, spart zwar Kosten, verhindert aber Reparaturen.

Weiterhin müssten für Erweiterungen und neu entwickelte Ergänzungen genügend Schnittstellen geliefert werden. Eine Autoverkabelung, die nur dem derzeitigen Zweck dient, lässt dann z. B. keinen Anschluss einer Rückfahrkamera zu. Entweder ist dann eine zusätzliche, aufwändige Verkabelung notwendig oder aber man muss gleich ein neues Auto erwerben (natürlich mit vielen neuen Kleinigkeiten).

Beim Internethandel werden Rücksendungen oft lieber weggeworfen anstatt sie aufzuarbeiten, weil das angeblich kostengünstiger sei. Dass es sich dabei um reine Verschwendung handelt, kommt keinem in den Sinn.

Es ist notwendig, auf die Verwendung der Ressourcen zu achten. Wir sollen uns die Erde untertan machen, sie aber nicht verbrauchen und zerstören. Man hat nur etwas von einem Untertanen, wenn man ihn pflegt, aber nicht, wenn man ihn vernichtet. Dies gilt auch für den Kapitalismus, der irgendwann an seine Grenzen stößt. So wie's aussieht, sind diese bald erreicht.

Die Jugend, die Erwachsenen und die Alten brauchen ihre Spezialitäten. Also Schulen, Arbeitsstätten und Altenheime. Oder auch Kinderärzte, Hausärzte und Pfleger. Dazu Architekten, Inspektoren und Handwerker für die Reparaturen – die Beispiele lassen sich beliebig erweitern. D. h. nicht nur andere Menschen werden gebraucht, sondern auch unterschiedliche Grundsätze und Ideologien-/-Parteien sind gefragt. So kann der Kapitalismus mit seiner Wachstums- und Gewinnphilosophie nicht für alle Phasen eines Lebens das Allheilmittel sein und muss dringend entsprechend angepasst werden.

Anders sieht es mit der freien Marktwirtschaft aus. Hier sollte eine soziale Komponente gefordert sein. Nicht nur bei neuen und neuartigen Waren ist die freie Marktwirtschaft gefragt, sondern auch bei den Reparaturbetrieben und den Handwerkern. Vorkämpfer in dieser Hinsicht sind hauptsächlich die Jugend und die Jüngeren, wie Carola Rackete, die im Juni 2019 als Kapitänin des Flüchtlingsschiffes „Sea-Watch 3" bekannt geworden ist, und Luisa Neubauer. Diese fordern neben dem Klimaschutz auch Maßnahmen und Änderungen der Wirtschaftsordnung sowie der Gesellschaft. Hierdurch entstehen ganz individuelle Ansichten, die die Gedankengänge beeinflussen und für die KI schwer nachvollziehbar sind. Daher können Überzeugungen und subjektive Ideen für die menschlichen Schlüsse eine Rolle spielen, die der KI verborgen bleiben. Sicher hilft sich die KI durch Zufallsmethoden und weitere mathematische Strukturen, um dennoch zu einem Ergebnis zu kommen.

Wenn hier von Investitionen in Höhe von über 130 Milliarden US-$ gesprochen wird, dann bleibt es nicht aus, dass das allgemeine Preisniveau mit davon betroffen wird und erheblich steigt. Interessant sind daher folgende Zahlen: Im Bereich San Francisco gilt jemand, der nur 125.000 US-$ im Jahr, d. h. ca. 10.000 US-$ im Monat verdient, als Sozialfall. Dieser hat Anspruch auf eine subventionierte Wohnung für seine vierköpfige Familie. Bei Facebook lag 2018 der Verdienst für eine Fachkraft bei ca. 240.000 US-$. Dieser Betrag wäre jedoch nur ein Viertel des maximalen Jahreseinkommens.

Ein weiteres Einflussgebiet der KI-F könnten die Kapitalflüsse sein. Bisher wurden durch Fremdeinflüsse Dateien und Konten blockiert. Die Sperre konnte durch ein Lösegeld aufgelöst werden. Anders wäre es, wenn nicht nur eine Sperrung, sondern eine Überweisung erfolgte. Dann könnte der Kontobestand entsprechend manipuliert oder entleert werden. Nach der Devise: Ohne Moos nichts los! Aber für Lieferungen und Arbeiten braucht man Geld. Nur wenige materielle und handwerkliche Leistungen erfolgen aus Gefälligkeitsgründen kostenlos oder durch Spenden. Normalerweise werden also Leistungen bezahlt, früher erfolgte die Bezahlung in bar. Man gab Geld für die Ware und die Arbeit. In der Neuzeit erfolgt diese Bezahlung bargeldlos. Es fließen Informationsströme vom Auftraggeber zum Lieferanten und Geldmittel werden nicht mehr benötigt. Dies ist aber die Domäne von KI-F, im Internet kann dieses System aktiv werden und auf Kontobewegungen Einfluss nehmen. Das System greift direkt die Kontostände an und veranlasst Überweisungen, ohne dass der Kontoinhaber dabei eingreifen kann.

Nicht zu vergessen ist, dass die künstliche Intelligenz einiges mehr und schneller an Informationen verarbeiten kann, als der Mensch. Außerdem ist sie auch in der Lage, andere Schlüsse aus Informationen zu ziehen als wir. So wird die KI-F den Wert einer Immobilie oder auch einer Firma anders ermitteln. Dabei werden viele Faktoren mit einbezogen. Es gehören dazu der Erstellungs-/-Erwerbsbetrag, der Aufwand für Erweiterungen und für Renovierung, die allgemeine Preisentwicklung und der derzeitige Marktwert, auch die entgangene Verzinsung des eingesetzten Kapitals und weitere Gesichtspunkte. Aus diesen Einzelteilen setzt sich dann der von der KI-F ermittelte Verkaufswert zusammen. Die dazu notwendigen Recherchen sind natürlich blitzschnell erledigt. Mit diesem optimalen Wert wird dann der erzielte Kaufpreis verglichen. Ergibt sich daraus ein Gewinn, so fließt dieser in das Jahreseinkommen ein und wird dort berücksichtigt. Sollte jedoch bei dem Verkauf ein Verlust entstanden sein, so ist dieser vom Verkäufer selbst zu tragen und wird auf das Jahreseinkommen in keiner Weise Einfluss nehmen.

Beim Verkauf einer vor Jahren preiswert erworbenen oder erstellten Immobilie können erhebliche Gewinne, sprich Einnahmen erzielt werden. Da jedoch in den Jahren gewisse Renovierungen und Erweiterungen vorgenommen wurden, hat man dafür vom eigenen Einkommen bereits viel aufgewendet. Wie ist das zu berücksichtigen? Die KI-F braucht eine Vorgehensweise. Die getätigten Aufwendungen lassen sich insbesondere, wenn es über Jahrzehnte geht, nicht nachvollziehen, so muss also eine pauschale Festlegung des Gewinnes erfolgen. Diese muss auch für Verkäufe von Firmen und Fabriken anwendbar sein.

Fest steht, der betreffende Inhaber hat ein Vermögen erarbeitet oder geerbt, welches man ihm nicht nachträglich bei einer

Veräußerung nehmen kann. Andererseits muss sichergestellt sein, dass entsprechende Simulationen mit schnellen Gewinnen nicht zulässig sein dürfen. Wird ein Industrieunternehmen preiswert erworben und kurzfristig wieder verkauft, darf der dadurch erzielte Gewinn nicht unberücksichtigt bleiben. Kurzfristige Gewinne sollten nicht mehr erfolgreich sein. Hilft da eine Zeitgrenze? Sollen es zwei oder zehn Jahre sein? Auch bei Aktien werden Gewinne aus alten Beständen nicht versteuert, dabei ist aber vorgesehen, dass die Versteuerung von Jahr zu Jahr reduziert wird. Hier sind aber wieder Tür und Tor geöffnet, um einfach Geld zu vermehren. Handelt man mit einer Immobilie, die bei einer Veräußerung 100 Millionen € Gewinn bringt, so wären nach einem Jahr bei einem zehnprozentigen Freibetrag 10 Millionen € an Gewinn möglich. Diese würden einem Spekulanten also ohne Weiteres zustehen und ihn damit überproportional bereichern. Folglich kann das keine Richtschnur für die KI-F sein. Doch sollte man Folgendes nicht außer Acht lassen: Camus stellte fest: Der Totalitarismus selbst ist schlimmer als alle Übel, die er zu bekämpfen vorgibt.

Ein Beispiel für ein ungutes Verhältnis, das wieder ins Gleichgewicht zu bringen ist: Am sonnigen Strand sitzt ein wohlgenährter, elegant gekleideter Mann und sieht einem Fischer zu, der – braungebrannt, von Wetter und Sturm gegerbte Haut – mühsam seine Netze aufhängt. Vielleicht denkt er gerade an den Erlös des Tages. Reicht er für Essen, Trinken und Miete? Wird es für die ganze Familie reichen oder bleibt sogar noch etwas für ein Bier am Abend? Der Beobachter liest genüsslich die Zeitung, wo er sieht, dass sich sein Vermögen in Höhe des Jahresverdienstes dieses Fischers erhöht hat. Obwohl er selbst nichts dafür getan hat: Es waren nur die Kurse an der Börse. Er kann sich mithin noch mehr leisten. Der Kapitalismus macht es möglich.

Sollte man die täglichen Gewinne nicht sofort versteuern? Auf der Spielbank haben für einen Gewinn andere zahlen müssen. Wie ist es aber an der Spielbank „Börse"? Sicher steigt der Kurs einer Aktie, weil ein Anlieger für den Erwerb dieser Aktie mehr ausgibt, als zuvor dafür gezahlt wurde. Damit hat er also diese Kurssteigerung finanziert und sein Vermögen verringert. Oder wie sonst ist der unverdiente Gewinn des Beobachters zu erklären!?

Welche Spekulationen möglich sind, zeigen die Entwicklung und die Akteure. So hat Tesla 1,5 Mrd. US-$, ca. 10 % des Cash-Vermögens, in Bitcoins angelegt. Das führte zu einer Aufwertung des Kurses von Bitcoins. Damit brachte Tesla einen Buchgewinn von über 500 Mio. US-$, also einen Spekulationsgewinn, der wohl höher als der Erlös der Tesla-Autos sein könnte. Apple soll sogar 200 Mrd. $ in Bitcoins angelegt haben.

„WIR HABEN EINE 3. WELT ABER KEINE 2. ERDE!"

Soll sich die KI-F auch mit dem Thema Umwelt beschäftigen, dann sind es wohl zwei Bereiche, die zu behandeln wären. Erstens, die Globalisierung. Es hat sich gezeigt, dass die Globalisierung der Ausbeutung gedient hat. Dadurch wurden ursprüngliche Lebensformen zerstört – ohne einen Nutzen für die betroffenen Ureinwohner. Nebenbei wurde versucht, Gepflogenheiten der Demokratie einzuführen und damit bestehende Regierungsformen zu beseitigen. Alles nur zum Nutzen der Ausbeuter und zum Nachteil der lokalen Bevölkerung. Zusätzlich wurde durch Werbung versucht, dort neue Absatzmärkte zu errichten, wohl kaum zum Vorteil für das entsprechende Land. Erreicht wurden Unzufriedenheit und Aufruhr.

Globalisierung heißt nicht Vereinheitlichung, sondern Verständigung. Dabei sind die vorhandenen Kulturen und Gesetze zu achten, um ein gemeinsames Vorhaben zu erreichen.

Zweitens, die Naturzerstörung. Ohne jede Rücksicht wird Land unfruchtbar gemacht, verbaut. Es werden Straßen, Bahnlinien und Gebäude jeglicher Art errichtet. Landstriche werden zu Sportflächen, Ackerland zu Golfplätzen umfunktioniert. Die restliche Landwirtschaftsfläche wird chemisch so lange bearbeitet, bis kein Ungeziefer mehr vorhanden ist und der ganze Naturkreislauf zerstört ist. Alles zur Steigerung des Gewinnes durch höhere Ernten.

Dies sind zwei wesentliche Faktoren, die unsere Erde langfristig zerstören. Das verstehen die Industriebarone nicht. Denen geht es nur um eine Steigerung der Gewinne.

Die bisherige Entwicklung der Digitalisierung und auch die Technik hatten das Ziel, den Menschen mehr Wohlleben zu verschaffen. Er sollte möglichst wenig arbeiten müssen, insbesondere körperlich. Dazu halfen die Automatisierung, die Roboter, die künstliche Intelligenz und verschiedenste andere Einrichtungen. Hier seien nur das Bediengerät „Alexa" oder das selbstfahrende Auto genannt. Alles sollte mehr Bequemlichkeit und weniger eigene Anstrengung bringen. Dies alles sollte Spaß, Freude, Veranstaltungen, Partys und sonstige Vergnügungen möglich machen. Wir waren auf dem Weg zur Degeneration! Doch dann kam COVID-19 und hat einen Strich durch die Rechnung gemacht.

Hoffentlich fallen wir nicht wieder in die alte Zielvorstellung zurück, sondern sehen zu, das Klima, unsere Umwelt und die Auswüchse des Tourismus in den Griff zu bekommen. Aus lauter Jux und Tollerei fliegt man ganz schnell mal für eine Woche nach Mallorca. Oder wie wäre ein Shopping-Weekend in New York? Das ist ja ganz billig. Die Umweltschäden sind dabei gar nicht so gering. Eine Notwendigkeit besteht auch nicht, denn man könnte stattdessen mit dem Zug einfach an die Nord- oder Ostsee, in die Alpen, nach Frankreich oder auch Westpreußen fahren und hätte ähnlich viel Freude. Außerdem geht bei einem Überschuss an Vergnügungen die Freude an jeder einzelnen verloren. Spannung entsteht durch das Besondere. Im anderen Fall müssen immer neue und skurrilere Ideen verwirklicht werden. Damit steigen auch der Aufwand und der Verbrauch an Ressource

Wozu braucht man also noch zusätzliche Flugzeuge? Die Flüge müssten zwischen 5-10-mal teurer sein, als sie derzeit sind. Dann würde sich die Spreu vom Weizen trennen und nur noch wirklich wichtige Flüge würden genutzt. Daher muss drastisch in die Fertigung von Flugzeugen eingegriffen werden, damit nur noch vorhandene, alte und unrentable Flugzeuge ersetzt werden. Gravierende Neuerungen, die wesentlich umweltschonender fliegen könnten, sollten natürlich weiterhin gebaut werden. Auch ein Mehr an Kreuzfahrtschiffen auf den Weltmeeren kann wohl nicht erstrebenswert sein. Wir aber machen es anderen, ärmeren Nationen vor, so dass sich diese fragen: Wieso sollen nicht auch wir so leben dürfen?

Die COVID-19-Pandemie wäre ein Zeitpunkt zum Umsteuern. Dabei gilt eigentlich: Statt um Verzicht auf manches geht es um Genügsamkeit und damit um ein Leben, in dem man sich auf viele kleine Freuden und auf die wesentlichen Dinge konzentrieren kann.

Es war höchste Zeit, dass jemand auf die verhängnisvolle Entwicklung der Erde aufmerksam gemacht hat. Ab 2018 hat es die damals 15-jährige Greta Thunberg verstanden, die Jugend zu begeistern, für die Zukunft zu sensibilisieren und damit für die Politik zu interessieren. Mit der Aktion „Fridays for Future" hat sie weltweit Schüler und Studenten zu Protesten veranlasst. Es wurde freitags an vielen Orten nicht mehr zur Schule gegangen, sondern auf die Straße. Wozu eigentlich noch lernen, wenn die Erde eh keine Lebensmöglichkeit mehr bietet? Die Politik, die Gewerkschaften und insbesondere die Industrie haben unsere Gesellschaft zur Unzufriedenheit gebracht. Man will mehr haben, auch so viel machen können wie andere, also immer mehr.

Sicher war es notwendig, dass Gewerkschaften Missstände und die Ausbeutung der Arbeitenden angeprangert haben und weitgehend beseitigen konnten. Nur dann wurde laufend mehr Gehalt gefordert und immer weniger Arbeitszeit. Die Politik hat sich anfangs für mehr Einsatz nach dem Krieg eingesetzt. Insbesondere die Industrie war nie müde, ihre Produkte anzupreisen, und wenn diese erworben waren, sie durch neue zu ersetzen. Dafür war Werbung im großen Stil vorhanden: Immer wieder etwas Neues. Man konnte ja nicht mehr mit den alten Sachen Staat machen. Daraus entstand die Wegwerfgesellschaft, da man ja auch nicht mehr altes reparieren wollte. So war aus den Anfängen schließlich die Unzufriedenheit mit dem Vorhandenen erreicht. Komme doch, was da wolle, ich will mehr haben, auch auf Kosten anderer. Diese Selbstsucht ist leider die katastrophale Nebenwirkung des Kapitalismus. Dieses System, das nur auf mehr Gewinne und damit mehr Wachstum basiert, kann nicht gut gehen. Wird etwas nicht mehr gebraucht, wird ein Bestand abgebaut. Unsere Erdressourcen sind aber leider begrenzt und lassen so ein System schlussendlich an seine Grenzen stoßen. Dies natürlich, wenn man alles verbraucht hat.

Die allgemeine Entwicklung ist katastrophal. Wenn man einzelne Gebiete betrachtet, so liegen folgende Werte für die letzten 300 Jahre vor:

	1750	1950	2010	Maßeinheit
Weltbevölkerung	0,7	2,5	7,0	Mrd.
Energieverbrauch	20	100	530	10^{18} Joule = Ws
Papierverbrauch	0,1	0,2	380,0	Mio. t
Stadtbevölkerung	0,01	0,7	3,4	Mrd.
Dünger	-	0,4	155,0	Mio. t
Kraftfahrzeuge	-	1,0	124,0	Mio.
Touristen Reisen	-	20	900	Mio.
Wasserverbrauch	-	1,3	4,0	Ts. m^3
Kohlendioxyd	275	320	390	ppm
Methan	700	1020	1750	ppb
Ozon, Rückgang	-	10	65	%
Landnutzung	10	30	26	%
Artenvielfalt, Abnahme	4	14	30	%
Fischfang	-	18	70	Mio. t

Was hat COVID-19 mit der Umwelt zu tun? Sehr viel! Allein die Ausbreitung des Virus von Wuhan, China, zeigt, dass durch die umweltschädigenden und übertriebenen Flüge eine Verbreitung weltweit möglich war. So wurden Nachbarstaaten durch die Direktverbindungen umgehend „versorgt" und von dort aus später zusätzliche andere Gebiete/Länder in Europa und Amerika.

Durch das Gewinnstreben werden von der Natur vorgesehene Begrenzungen beseitigt, um damit größere Erträge zu erzielen. Früher war dafür gesorgt, dass Schädlinge sich nur begrenzt ausbreiten konnten. Da diese Mechanismen nicht mehr greifen, haben wir darunter zu leiden und damit zu kämpfen. Hierfür gibt es etliche Beispiele. Also steht auch die Corona-Pandemie in einem direkten Zusammenhang mit der Schädigung der Umwelt. Auch wenn wir das ungern hören.

Sicher gibt es noch weitere globale Wirkungskreise für die KI-F. Viele könnten auch gut sein, aber die „Nebenwirkungen" sind dann doch unerfreulich. So könnte die Globalisierung oder Integration zu so einer weiteren Aufgabe gehören. Bei der Globalisierung geht der eigene Bezugspunkt verloren. Der Mensch fühlt sich nirgends mehr richtig „zu Hause". Er ist überall, aber eigentlich nirgends wirklich. Die Folge kann dann Nährboden für Nationalismus sein. Damit ist jedoch nicht sofort auch Rassismus gemeint. Dies wird oft vergessen, wenn es nur um die Heimat geht und kein Bezug auf eine Rasse besteht. Es sollte um eine Gemeinschaft gehen, zu der man sich zugehörig fühlt.

Wir leiden oft daran, dass unsere Erde verschmutzt, verletzt ist; dass das, was Menschen tun, für andere zu Erkrankung und zum Tod führt, auch ganz ohne Krieg. Die KI-F sollte so ausgelegt sein, dahin zu wirken, dass die Erde bewahrt wird und weiterhin wohnlich bleibt.

Elektrosensibilität, eine Reaktion auf Strahlungen, haben wohl 5 % der Bevölkerung. Gemessen wird die Strahlung in Volt je Meter, die Grenzwerte sind abhängig von der Frequenz und liegen zwischen 6 und 61 Volt. Die Strahlungen erzeugen Mobilfunknetze, auch WLAN, schnurlose Telefone und natürlich Smartphones. Besonders die Umstellung vom 4-G zum 5-G Netz bringt eine Zunahme an Strahlung mit sich. In-wieweit diese Strahlungen Gehirnströme beeinflussen, ist noch nicht absehbar. So ist die Konzentration beim Menschen geringer, es können Druck auf die Augen, Schwindel u. a. auftreten.

Das System selbst wird auch nicht ruhen, sondern versuchen, sich weiter auszubauen. Da es nur virtuell vorhanden ist und materiell selbst nichts bewerkstelligen kann, wird es versuchen, über irgendwelche Mittel Menschen für die eigene technische Arbeit zu organisieren. Eine dieser Aufgaben wird sein, ein eigenes, autarkes Informationsnetz aufzubauen. Gedacht ist eine Ausführung nur über Satelliten. Diese sind vorhanden und werden sich hier für viele weitere Aufgaben der KI-F nutzen lassen.

Es wird viel über Empathie gesprochen. Dabei geht es um das Verständnis für andere Menschen. Über deren Vergangenheit, Erfahrungen, selbst erlebte oder mitbekommene, ihre Gesundheit und auch ihren Allgemeinzustand. Das versuchen wir von einem anderen Menschen, an dem man Interesse hat, zu erfahren und im Umgang zu berücksichtigen. Dazu müssen wir jedoch alle diese Faktoren kennengelernt haben. Für einen PC heißt das, es müssen alle diese Merkmale eingegeben worden sein. Erst dann wird es möglich sein, mit seiner KI empathisch zu reagieren. Es sind noch weitere Faktoren, die für einen Menschen bedeutsam sind: Krankheiten, Schmerzen, Leidenschaft (Liebschaften), Vorlieben und auch die Furcht vor dem Tod. Hinzu kommen erlerntes Wissen und nicht zuletzt sein Glaube. Dies alles zeigt, wie komplex eine vollständige Abbildung des Wesens Mensch ist. Emanzipation ist eine Mammutaufgabe, dies alles erstens zu erfahren und dann noch für die Verarbeitung im PC durch Daten darzustellen.

Liebe ist ein rein menschliches Gefühl und es ist die Frage, inwieweit ein technisches Gerät Liebesbeziehungen haben soll/kann. Für uns Menschen heißt Liebe: Man wird von einem Menschen – seinem Äußeren, seinem Wesen und seinem Verhalten – angezogen. Man möchte ihn ganz für sich haben immer mit ihm zusammen sein. Schließlich, sich mit ihm vereinen, mit ihm sexuellen Verkehr haben. Daraus folgen auch viele Handlungen und Gefühle. Man hat volles Verständnis für ihn und will ihn versorgen, behüten, ihm immer beistehen. Letztendlich für ihn verantwortlich sein, ihm alles verzeihen. Das alles bezeichnet Liebe.

Das christliche, übergreifende Gebot „Liebe Deinen Nächsten wie dich selbst" ist für Roboter und KI-Systeme nicht anwendbar. Erstens kann die KI mit „Liebe" nichts anfangen, denn dieser Begriff ist für technische Geräte und Einrichtungen gar nicht realisierbar. Einer KI kann zwar im Zusammenhang mit einem Menschen so ein Begriff zugänglich gemacht werden und dieser dann von dem System berücksichtigt werden, aber auf sich und seinesgleichen eben nicht.

Zweitens, selbst der Nächste ist für die KI ein Rätsel. Was soll sie mit einer anderen KI anfangen? Kann sie beim Menschen in dieser Hinsicht überhaupt tätig sein? Das wäre ein Thema für einen Roboter. Dieser soll sich helfend und wohlwollend gegenüber Menschen verhalten, Verständnis aufbringen und vorsorgend und helfend eingreifen. Wenn sich ein Gerät verantwortlich für einen Menschen fühlt, wird es auch regulierend und oft auch bestimmend in dessen Leben eingreifen. Dabei handelt es sich um eine Richtschnur für richtiges Handeln und Verhalten, das ihm natürlich beigebracht worden ist.

Kant. Der kategorische Imperativ: „Handle nur nach derjenigen Maxime, der Du folgen könntest, dass sie ein allgemeines Gesetz werde." Man könnte es auch so ausdrücken: Was Du nicht willst, das man Dir tu, das füg auch keinem anderen zu.

Das ist zwar für uns Menschen verständlich, aber für einen Roboter keine Programmvorgabe. Hier muss man schon konkreter werden. Bisher arbeiten die Programme und die KI nach Vorgaben, die Menschen ihnen gegeben haben. Durch die Algorithmen für das Lernen bekommt aber ein Programm neue Erkenntnisse und kann damit die menschlichen Vorgaben variieren und damit anders reagieren. Dies gilt auch für das beim Lernen mitbekommene Wissen über Verzerrungen unserer Wahrnehmungen, unseres Denkvorganges (cognitive biases). Wie das Nachvollziehen der Ursachen der Evolution und damit der Schluss auf Abläufe, die eine KI berücksichtigen müsste. Faktoren können auch menschliche Gefühle sein, die sich in Freude, Glück oder Trauer, aber auch Wut dem Computer zeigen. Hier werden sich die entsprechenden Veränderungen der Vorgaben für die Programme herausbilden. Wird damit der Computer immer stärker „mitfühlend", wird er versuchen, das Leiden eines Menschen zu vermeiden, ihn gegebenenfalls lieber sterben lassen. Dabei muss man sich im Klaren sein, dass ein Computer mit seiner KI und auch ein Roboter keinerlei Skrupel kennen. Das Töten eines Menschen kann aber nicht der Sinn des Eingreifens der KI sein.

Dies scheint jedoch möglich, da der KI wesentlich größere, u. a. auch psychologische und neurowissenschaftliche Datenbasen zur Verfügung stehen. Zu berücksichtigen ist aber auch, dass wir Menschen einen Drang zum Leben und Überleben haben, wobei wir dafür sogar unsere Gefühle beiseite lassen. Unser Trachten ist nach Freude und Glück sowie danach, Überbelastungen und Schmerzen zu vermeiden. Hier liegt also das Problem der Vorgabe für die Programme, Fehlschlüsse aus nicht vorhersehbaren Erkenntnissen der KI zu vermeiden.

Auch wenn diesem System alle Hilfsmittel – wie Google, Internet, viele Datenbanken und Dateien – zur Verfügung stehen, können Fehlschlüsse doch nicht ausgeschlossen werden. Für die Entscheidungen fehlt in manchen Fällen das menschliche Gefühl, so auch die Liebe, beides kann nicht bei den Vorgaben für ein Verhalten genutzt werden. So sind rein logische und sachliche Vorgaben für die Programmierung der KI-F gefragt. Erst über diesen Weg muss erreicht werden, dass das technisch intelligente System keinen Schaden für die Menschheit bringt. Also sind rein formelle Dinge gefragt, um ein menschliches und moralisches Verhalten zu erreichen.

KI UND MENSCH

Wir Menschen meinen immer, besonders schlau zu sein. Dabei müssen wir laufend unseren Bankrott erklären. Egal, wo wir hinsehen: Wir wissen nichts. Bei der COVID-19-Problematik etwa ist kaum etwas klar, sei es in Bezug auf die Übertragung, die Behandlung, die Wirksamkeit einer Impfung usw. Astrologen können viele Weltraumereignisse nicht erklären. Techniker wundern sich, wenn manches nicht so funktioniert wie geplant. Derartige Meldungen gibt es laufend. Aber es gilt: „Wir wissen, dass wir nichts wissen!"

Wie sieht es da also mit der KI aus? Solange die KI von der Programmierung der Menschen lebt, wird sie kaum schlauer sein als der Mensch. Erst wenn sie selbstständig arbeitet, selbst analysiert, eigene Methoden entwickelt und dann neuartige Denkvorgänge nutzt, wird sie den Menschen in den Schatten stellen. Wir können denken, weil wir in der Schule und ggf. der Uni dazu vorbereitet worden sind. Das heißt, die KI muss auch geschult werden, dann kann es bei ihr ebenfalls mit dem Denken und der Kreativität losgehen.

Die Möglichkeiten für E-Mails werden laufend erweitert. So sind bei Google neue Apps vorgesehen, um E-Mails in andere Aufgaben zu überführen. Mit Windows von Microsoft lassen sich Termine und andere Vorschläge realisieren. Auch lassen sich Verbindungen von anderen Programmen zu E-Mails verwenden. Die Bemühungen, E-Mails sicherer zu machen, führen zu immer neuen Versuchen mit Verschlüsselungen. Nur zeigt die Erfahrung: Bei jeder Neuerung und verbesserten Absicherung folgt über kurz oder lang doch wieder eine Möglichkeit, auch diese zu entschlüsseln.

China selbst zeigt in seiner jüngeren Vergangenheit, wie aus einer reinen Diktatur eine Verfassung mit schon kapitalistischen Zügen entstehen kann. Solch eine Entwicklung von einer marxistisch-leninistischen Staatsform durch Integrierung von kapitalistischen Grundsätzen ist für viele interessant geworden. Sicher ist es bis zu einer Demokratie noch ein weiter Weg. Die sich abzeichnende Handlungsfreiheit auf den Geschäftsbereich ist eine Art Kapitalismus. Aber nur ein Kapitalismus, der ein kaufmännisches Handeln zulässt. Damit ist in keiner Weise die Redefreiheit, die Bewegungsfreiheit gegeben. Geht die Demokratie in Richtung Diktatur, s. o., muss eine chinesische Verfassung noch Freiheiten zulassen. Dann ist der Unterschied immer geringer. In derartige Debatten soll die KI-F sich in keiner Weise einlassen, sondern rein nach den Grundsätzen der Allgemeinen Erklärung der Menschenrechte der UNO eingreifen.

Dabei stehen der künstlichen Intelligenz viele Hilfsmittel zur Verfügung, wie Google und auch die ganzen Datenbanken. Damit sollte es möglich sein, vorgesehene Handlungsweisen auf ihre Auswirkungen zu prüfen. Erst dann sollten diese Anweisungen in die Programme übernommen werden. Das könnte ein System KI-F selbst durchziehen und damit spätere Korrekturen vermeiden. Dies sind Vorgänge, die ein selbstständig denkendes und lernendes System verantwortlich allein durchführen kann. Wenn dies alles so abläuft, ist der Mensch tatsächlich voll ausgeschaltet und das System funktioniert autark.

Die Gehirnforschung erkennt immer neue Zusammenhänge. So sollen nicht die Anzahl von Nervenzellen und deren Vernetzung für die Intelligenz verantwortlich sein. Es hat sich wohl gezeigt, dass ein Gehirn trotz weniger Nervenzellen und keiner allzu starken Vernetzung viel leisten kann. Vielleicht ist die Erklärung, dass für eine Idee, einen Gedanken, im einen Fall zu viele Wege und Möglichkeiten ausgeschöpft werden müssen. Im anderen Fall, mit weniger Nervenzellen, sind die Ergebnisse schneller zu erreichen. Eine weitere Erkenntnis lautet: Weniger kann mehr sein!

Wie mehrfach betont, die KI-F lebt nur im Internet. Die dort gefundenen Daten werden interpretiert und für das System nutzbar gemacht. Dabei sind größte Datenmengen beherrschbar und somit das Kapital des Systems. Je detaillierter diese Daten sind, desto größer ist auch die Treffsicherheit der Reaktion.

Auf Hardware-Änderungen und neue Technologien muss sofort reagiert werden. Das ist genau ein Schwachpunkt der KI-F. Ändern sich die zu beeinflussenden Funktionen – die Konten-Abrechnung, das Finanzierungsverfahren und überhaupt der Bezahl- und Geldverkehr – muss die KI-F sofort eine Antwort parat haben. Andernfalls kann die Wirkung nicht mehr erfolgreich sein. Also ist es erforderlich, bereits die Ansätze und Hinweise jeglicher Änderungen zu erkennen und daraus sofort die notwendigen Schlüsse zu ziehen. Gibt es also Hinweise bei Nachrichten oder E-Mails, dass sich in dieser Richtung in irgendeiner Weise etwas anbahnt, wird sofort analysiert und ausprobiert, ob die eigenen Aktivitäten weiterhin möglich sind. Ein wesentlicher Gesichtspunkt der KI-F ist also die laufende Kontrollfunktion des Geschehens im Internet. Was dies bedeutet, zeigt die Vielzahl an Nachrichten, die täglich in die Milliarden gehen. Dies wird eine extrem hohe Belastung für das Internet bedeuten. Sollte die KI-F mit ihren Aufgaben zeitlich nicht zurechtkommen, wird der Nachrichtenfluss entsprechend verlangsamt werden. Da dies voraussichtlich der Fall sein wird, wird weltweit ein weiterer Ausbau der Internetkapazitäten erfolgen.

Die KI-F basiert auf dem heutigen Wissensstand und muss sich selbstständig den Entwicklungen anpassen. So sind z. B. in der Teilchenphysik bei den Myonen anormale magnetische Momente aufgefallen, die nach dem Standardmodell nicht erlaubt sind. Diese Entdeckung könnte sogar zu einer neuen Naturkraft, zumindest zu einer wesentlichen Änderung des derzeitigen Modells, führen. Myonen sind Teilchen, die eine rund 200-mal größere Masse haben als ein Elektron.

Auch die KI-F steht oft vor der Aufgabe, sich auf die Zukunft, auf voraussichtliche Ereignisse, vorzubereiten. Da gilt dann der sehr alte Spruch: „Prognosen sind schwierig, besonders wenn sie die Zukunft betreffen." Trotzdem wird aufgrund der Vergangenheit versucht, sich rechtzeitig auf Veränderungen einzustellen. Wie gesagt, aus dem Erfahrungsstand lässt sich manches ersehen.

Die Entwicklung der Technik und auch der Programme geht rasant weiter. Dementsprechend muss sich die KI-F auf neue Bedingungen einstellen. Ein Beispiel sind die Übertragungsgeschwindigkeiten der Netze. So wird nach der Fertigstellung von G4 und G5 schon an der Entwicklung der nächsten Stufe, nämlich der 6G, gearbeitet. Geht die Übertragung schneller, muss auch schneller reagiert werden.

Derzeit sollen Geschwindigkeiten von 10 Terabyte pro Sekunde (TB = 1.000.000.000.000) erreicht werden. Je höher die Geschwindigkeit, desto mehr Möglichkeiten bieten sich auch auf der programmtechnischen Seite. So sind Kontrollen und Updates leichter zu realisieren. Aber nicht nur die Geschwindigkeit wird sich verändern, sondern auch die Möglichkeiten der Clouds und anderer programmtechnischer Bereiche.

So ist die XR-Technik, Extended Reality, also die Kombination von analoger Welt, wie z. B. Hören und Sehen, mit der digitalen Welt eine erweiterte Realität. Auch die zum Einführen der Kryptowährungen entwickelten Ledger-Programme und weitere entsprechende Verfahren/Programme sind verstärkt im Kommen. Bei all diesen Entwicklungen geht es darum, die Sicherheit und die Privatisierungsmöglichkeit zu fördern. Dabei entstehen hochspezialisierte Teilnehmernetze. Das heißt, damit ist auch das ganze Internet in der Entwicklung und muss durch die KI-F anders behandelt werden. Parallel zu dieser Entwicklung vollzieht sich der Ausbau der Glasfasernetze.

WAS ZU TUN BLEIBT

Letztendlich hatte die KI-F erreicht, dass weitgehend Frieden herrschte. Sogar die kämpferischen Aufständischen in Afrika und anderen Regionen konnten ihr Morden nicht mehr durchführen, da die Munition dafür nicht mehr zu erhalten war. Außerdem wirkte die Methode der Selbstzerstörung von Schusswaffen wie Pistolen und Gewehren dabei mit. Da die Rüstungsindustrie nicht mehr bezahlt werden konnte, musste sie Insolvenz anmelden. Daher war sie weltweit nicht mehr vorhanden. Alle Waffen, Panzer, Raketen bis hin zu den Kriegsschiffen usw. wurden auf andere Weise vernichtet, zum Teil ausgeschlachtet. Das Militär, die Soldaten, konnte nicht mehr verpflegt, untergebracht und entlohnt werden. Wasser, Strom und Energie ließen sich nicht mehr bezahlen.

Die Aufgabe für die KI-F würde jetzt nur noch sein, das System zu erhalten und vor Eingriffen zu schützen. Ein nützliches weiteres Ziel könnte der angesprochene Schutz der Umwelt sein. Da die KI-F aber selbstständig arbeitet und nicht mehr von Menschen und insbesondere Programmieren beeinflusst werden kann, wird es dafür wohl eines neuen, zusätzlichen Systems bedürfen.

DER AUTOR

Dr. H. J. Stübler ist 1927 in Berlin geboren und großgeworden. Als Diplom-Ingenieur war er in der Stahlindustrie für Nachrichten- und Informationstechnik zuständig. Bereits 1962 war er zur Computerausbildung und Programmierung in den USA. Danach führte er als Erster den Computer in einem Walzwerk ein. 1984 promovierte er an der Ruhr-Universität Bochum auf dem Gebiet der Datentechnik. Er hat zahlreiche Aufsätze, auch auf internationaler Ebene, veröffentlicht. Er war verheiratet und hat zwei Söhne.

DER VERLAG

VINDOBONA
VERLAG SEIT 1946

ein Verlag mit Geschichte

Bereits seit 1946 steht der Vindobona Verlag im Dienst seiner Bücher und Autoren. Ursprünglich im Bereich periodisch erscheinender Journale tätig, präsentiert sich der Verlag heute als kompetenter Partner für Neuautoren am deutschen, österreichischen und schweizerischen Buchmarkt. Engagement, Verlässlichkeit und Sachverstand – das sind die Grundpfeiler, auf denen der Verlag seit jeher sicher steht.

Sie möchten mit Ihrem Werk das vielseitige Verlagsprogramm bereichern? Der Vindobona Verlag garantiert Ihnen eine professionelle Prüfung Ihres Manuskriptes durch das Lektorat sowie eine zeitnahe Rückmeldung.

Genauere Informationen zum Verlag
finden Sie im Internet unter:

www.vindobonaverlag.com